ハヤカワ文庫JA

〈JA1328〉

グイン・サーガ⑭③

永訣の波濤

五代ゆう

天狼プロダクション監修

早川書房

8184

BURIAL AT THE BILLOW
by
Yu Godai
under the supervision
of
Tenro Production
2018

カバーイラスト／丹野 忍

目次

本書は書き下ろし作品です。

カメロン
碇をあげよ、仲間たち、高々と旗かかげ渦巻く風を帆に受けよ!
出航の朝がきた、われら今こそ新たな冒険に立つ。
見よ地平線を、きらめき立つ波に踊る光を、
舳先にほほえむ女神のなびく衣を、
海原の果てなる黄金のまばゆき輝きを!
波濤に生き波濤に死すわれらヴァラキアの男、
よしさだめつたなく、嵐に沈み荒磯に砕ける泡沫と消えようと、
燃ゆるわれらが魂は笑い、歌い、さらなる危難を求めて海を渡る!
水夫たち、女たち(合唱)
ヨーホー、帆を張れ、碇をあげよ、
海の男カメロンが波を越えてゆく!
涙は捨てよ、笑いと歌を、
海の男の旅立ちに!
よしさだめつたなく、嵐に沈み荒磯に砕ける泡沫と消えようと、
燃ゆるわれらが魂は笑い、歌い、さらなる危難を求めて海を渡る!
仮面劇『快男児カメロンの海竜退治』

〔中原周辺図〕

ナタール川
ヴァーラス湖沼地帯
ノスフェラス
ナタール大森林
ナタリ湖
ギーラ湖
ケス河
サイロン
ユラニア
トーラス
ケイロニア
ノルン海
アルセイス
ゴーラ
ロス
クム
モンゴール
リーラ川
カムイ湖
タリア
タリア
ワルド山脈
中原
ルーアン
イーラ湖
クリスタル
オロイ湖
アルムト
パロ
アルーンの森
ダル湖
カラヴィア
サルジナ
ダネイン大湿原
ハイランド高地
ドラス連山
ウルム山脈
カムリ岬
ルート
ラトナレン山脈
ウィレン山脈
アグラーヤ
サーリスベリ
ランガート
アルート高原
カウロス
獅子原
ライゴール
レンティア
草原地方
トルース
トラキア自治領
リャガ
ヤガ
イフリキア
マハール
トルフィヤ
ヴァラキア
アルゴス
沿海州
アルカンド
アルゴ河
レント海

〔パロ周辺図〕

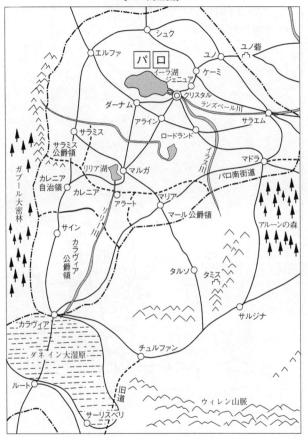

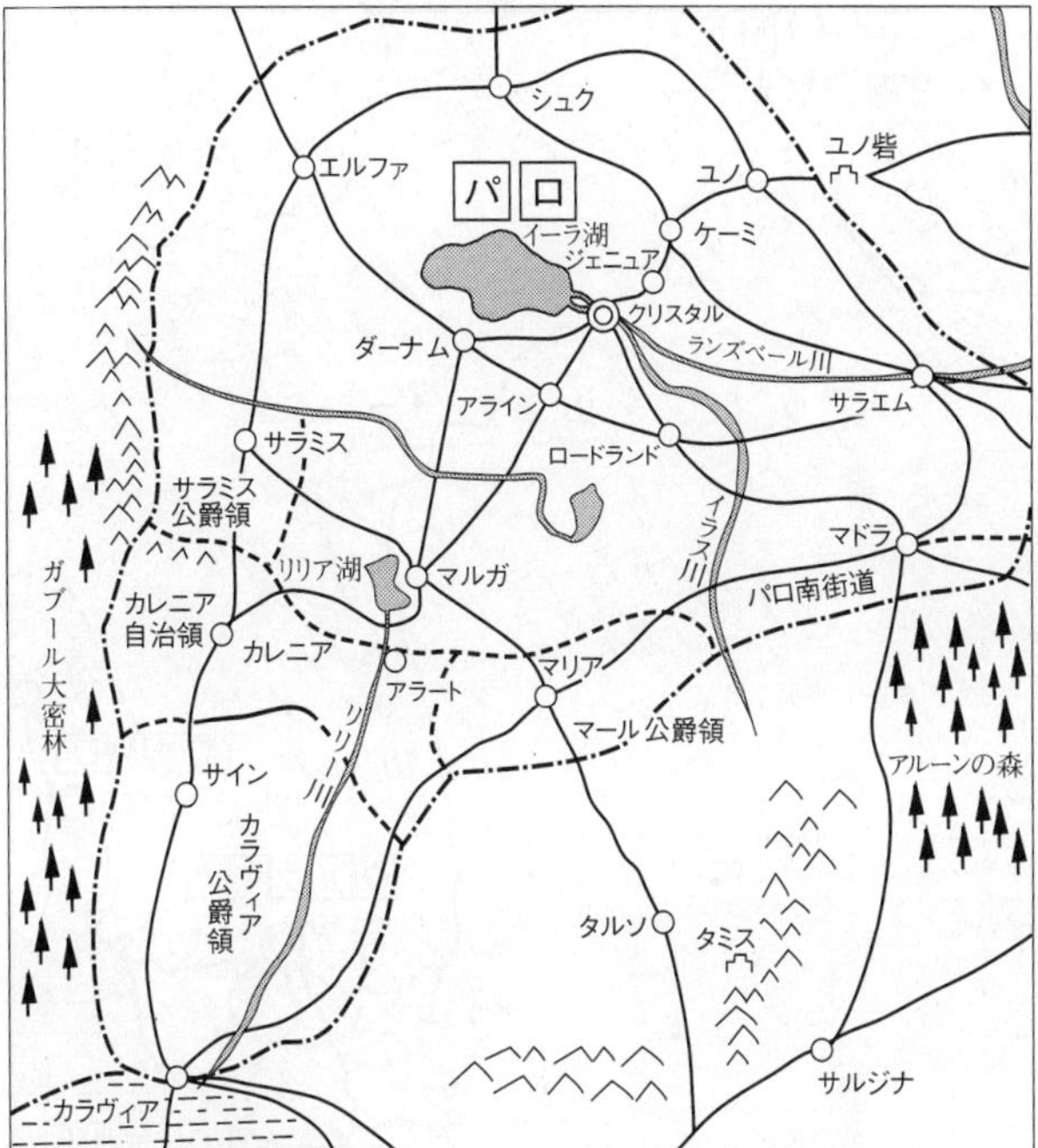
パロ
シュク
エルファ
ユノ砦
ユノ
イーラ湖
ケーミ
ジェニュア
クリスタル
ダーナム
ランズベール川
サラエム
アライン
サラミス
ロードランド
サラミス
公爵領
イラス川
マドラ
リリア湖
マルガ
パロ南街道
ガブール大密林
カレニア
自治領
カレニア
アラート
マリア
リリア川
マール公爵領
サイン
アルーンの森
カラヴィア
公爵領
タルソ
タミス
サルジナ
カラヴィア
チュルファン
ダネイン大湿原
ルート
旧道
ウィレン山脈
サーリスベリ

〔草原地方 - 沿海州〕

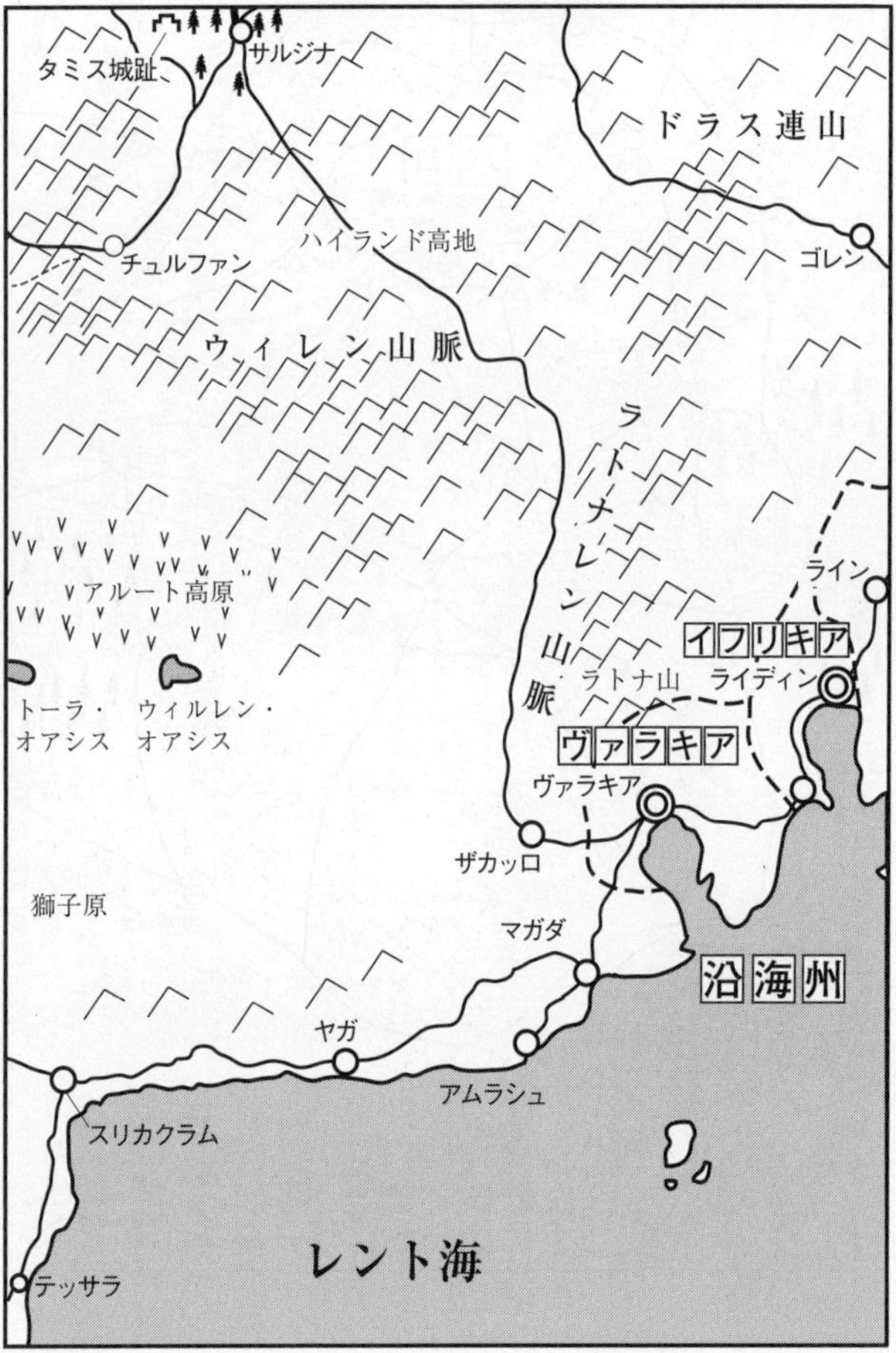
タミス城趾
サルジナ
ドラス連山
ハイランド高地
チュルファン
ゴレン
ウィレン山脈
ラトナレン山脈
ライン
アルート高原
イフリキア
ライディン
ラトナ山
トーラ・
オアシス
ウィルレン・
オアシス
ヴァラキア
ヴァラキア
ザカッロ
獅子原
マガダ
沿海州
ヤガ
アムラシュ
スリカクラム
レント海
テッサラ

永訣の波濤

登場人物

ヴァレリウス……………………パロの宰相
アッシャ…………………………パロの少女
リギア……………………………聖騎士伯
マリウス…………………………吟遊詩人
アルミナ…………………………前パロ王妃
スカール…………………………アルゴスの黒太子
ザザ………………………………黄昏の国の女王
イェライシャ……………………白魔道師。〈ドールに追われる男〉
ブラン……………………………ドライドン騎士団副団長
マルコ……………………………ドライドン騎士団員
アストルフォ……………………ドライドン騎士団員
ファビアン………………………ドライドン騎士団新入団員
ヨナ・ハンゼ……………………パロ王立学問所の主任教授
フロリー…………………………アムネリスの元侍女
スーティ…………………………フロリーの息子
アクテ……………………………ワルスタット侯ディモスの妻
ラカント…………………………ディモスの協力者。伯爵
ソラ・ウィン……………………ミロク教の僧侶
ヤモイ・シン……………………ミロク教の僧侶
アニルッダ………………………ミロク教の信者
イグ＝ソッグ……………………合成生物
ジャミーラ
ベイラー ………………………〈ミロクの使徒〉
イラーグ
カン・レイゼンモンロン………ミロクの大導師

第一話　影はささやく

1

叫び声をあげながらスーティは幻から転がり出てきた。

しばらくは自分が目をさましたことにも気がつかず、起き直って、小さな小屋が震え動かんばかりの悲鳴をあげ続けていることにも気がつかなかった。大きく見開いた目にはなにも映らず、ただ、小さな弟のふっくらした頰に散った鮮血の赤さと、ぱっちり見開いた目のふしぎな金茶と緑の斑《まだら》の散った瞳が見えているだけだった。

血まみれになって倒れた女官がこわばった手でむなしく空をつかみ、その先で、点々と血のとんだ敷布の上に子供が――スーティの弟が――なすすべもなく座っていて、恐ろしげな男たちの大きな手が怪物のようにその頭に近づいていくさまが、壊れたように何度もまぶたの裏で繰り返された。とめどなく叫び声をあげながらスーティは夢中で手足を振り回し、たった今はじき出されてきた、実際にははるかに遠い場所の出来事であるあの光景の中へ、飛んでもどろうと試みた。

『ああ、星の子、星の子よ、どうか落ちついてください』

頭の中でおろおろとした声がささやいた。はじめのうちはほとんど聞こえないほどだったが、スーティがさすがに暴れつかれて静かになり、また乱れた動悸や呼吸が穏やかになるにつれて、この声も少しずつはっきり聞こえるようになってきた。

「スーティのおとーと」震える声でスーティはつぶやいた。

「あのこ、おとーと！　スーティのおとーと！」

自分にきょうだいがいるなどと聞いたことはなかったし、母のフロリーもそれらしいことは何もいっていなかった。また顔立ちにもあまり似たところはなかったし、スーティのほうがはるかに体が大きくて子供ながら彫りの深いくっきりした顔、対してあの子は青ざめて見えるほどに色が白くて繊細な顔立ちで、対照的といっていいほどのふたりだった。

だが、それぞれが持つ星の力か、それとも琥珀《こはく》の導きの力がなんらかの影響を及ぼしたのか、スーティは、あの小さな子がたしかに自分の血縁で、弟なのだということをはっきり悟っていた。

「あいつら、おとーといじめた」

顔をくしゃくしゃにしてスーティはうなった。

「わるいやつら、スーティのおとーとといじめた。おとーとこわがってた。わるいやつら、スーティのおとーとけがさせた。スーティのおとーと、こ、ころされちゃう――」

『いいえ、ドリアン王子は無事です。どうか落ちついてください、星の子』

それまでよりもはっきりと琥珀の声が耳にひびいた。スーティはびっくりして頭をあげて左右を見回した。

「こはく？　どこ？」

『あなたの知覚神経系に直接はたらきかけています』

視界のはしにちらりと金色の炎がおどり、温かい細い指がつと頬をなでた。声はつづけて、

『ドリアン王子は襲撃者の手によってゴーラ王宮から連れ出されました。略奪者の目的や正体は、まだわかりません。しかし、王子の生命の星に変化はありません。彼らに王子を傷つけたり殺したりする意図はないと思われます。彼らは王子を眠らせ、旅商人に変装して、ゴーラの国境へと向かっています。ゴーラ王宮からも追っ手が出てはいますが――』

「たすけなきゃ」

きっぱりとスーティはいって、ふいに立ち上がった。せまい樹上の小屋の天井にあやうく頭をぶつけそうになったが、あやういところでよけて、憤然と髪を振りたて、手足

をふんばる。

「おにーちゃんは、おとーとのことたすけなきゃいけないんだもん。スーティ、あのこのおにーちゃんだもん。きょうだいは、なかよくしなきゃいけないんだもん。おとーといじめられたら、おにーちゃんが、まもってあげなきゃいけないんだもん」

『いけません！』

小屋の出口へ向かおうとしたスーティの足が急にかたまった。どんなにがんばっても、足が石と化したようにぴくりとも動かせない。ふところに深く入れた袋の中で、琥珀が燃えるように煌々と黄金の光を脈動させているのが感じられた。

『いけません、星の子よ』

すぐ耳元でささやいているかのように、せっぱつまった琥珀の声が、

『あなたはまだとても幼い。鷹や、狼王や黄昏の女王の護りもなしにここから出れば、たちまちおそろしい危険にさらされます。わたしは鷹からあなたの守護と監察のオーダーを受けています。そのオーダーに反することを、認めるわけにはいきません』

「やだ！　やだもん！」

どっと涙がこみあげてきた。涙をふり飛ばしながらスーティは唯一動く頭でいやいやをし、こわばったまま動かない体になんとか言うことをきかせようと、顔を真っ赤にしてふんばった。

「スーティはおとーとたすけるんだもん！　あのこはスーティのおとーとだもん！　わるいやつらにつかまって、ひとりぼっちで、だれもいなくて、きっと、こわくてないてるもん！　だからスーティが、スーティがそばへいってあげて、たすけてあげて、かあさまのかわりになってあげなきゃいけないもん！　いけないんだもん！」

わあわあ声をあげてスーティは泣いた。気丈なこの子供にはめったにない、まったく聞き分けのない幼児めいた泣きじゃくりだった。顔を涙とよだれと鼻水でべとべとにして泣きわめくスーティに、琥珀はすっかり混乱したようすでおろおろと声を震わせ、

『心拍、脳波、ともに上昇──ああ、体温も──精神波に激しい乱れ。落ちついてください、星の子よ、落ちついて。よろしいですか、あれはとても遠い場所の出来事なのです。どんなにあなたが王子を助けたいと思っても、ここからではどうすることもできません。また、もし近くに行くことができたとしても、あなたはあまりにも幼く、戦う力も、その能力も持ってはいません。わたしは鷹からあなたの保護を任されています。あなたが自ら危険に飛び込んでいくような行動を、認めることはできないのです』

「いやだ！　やだったら！」

琥珀が息をのんだ。彼女が制御しているはずのスーティの足がぐらりと傾き、前にかしいで、身体ごと前へ倒れこんだのである。

一瞬制御がゆるんで、スーティははね上がった。体当たりするように小屋の出口へつ

っこんでいこうとするのを、

『いけません！』

ふたたび、その場でスーティは固まった。もう半歩ほどのところで小屋の外へ踏み出ようとしていた足がじりじりと引き戻され、少しずつ中央へと連れ戻されていく。

『なんという強力な意志――これも紅い星が彼に与えるもの？　いいえ、だめです、小さな星の子。わたしはあれをあなたに見せるべきではなかった。わたしの判断ミスです。あなたと、あのもうひとりの紅い星の血をひく子が出会えば、何が起こるかをわたしは予期しておくべきでした。あなたたちの星はわたしが計算したよりずっと強力だった。ふたつの強すぎる星が対面したとき、それがどれほど物理的な距離をおいていようと、大きな運命の変動を引き起こすことを、わたしは警戒するべきだった』

「しらない。そんなことしらない。スーティはあのこをたすけなきゃ」

ずるずる引き戻されながら、なおもスーティはもがいて壁にしがみつこうと必死に手をのばした。ぼたぼたと大きな涙のしずくが落ちて、小屋の床をぬらした。

「あのこはひとりぼっちだったもん。かあさまも、おいちゃんもいなくて、だれもあのこをまもってあげない。おんなのひとだってころされちゃって、だれもあのこにやさしくしてあげなくて、みんなであのこをいじめて、そんなのってない。そんなのだめ。だからスーティが、あのこをまもってあげなきゃ。スーティ、あのこのおにーちゃんだもん。おにーちゃんは、おとーとをまもってあげなきゃいけないもん。いけないんだもん」

『ああ、星の子よ』

琥珀はすっかり扱いかねた様子で、呟いて黙ってしまった。

スーティの必死さには、それまで彼がひそかに味わってきた恐怖やもどかしさ、寂しさ、無力感のすべてがこもっていたのかもしれない。邪教の怪物に母をさらわれ、スカールについて奇怪な妖魔の国へと旅し、その後もさまざまな危難をくぐり抜けてなおそれの色一つ見せなかった剛胆な子供でも、やはりその心に、心細さや母のいない寂しさの影が、ささなかったわけはないのだ。

これまでスーティは守られているばかりだった。力ない幼児の身としてはそれは当然で、むしろ自分が意地をはれば守ってくれるスカールやザザやウーラの邪魔になるとさとれるだけの賢さをそなえてはいたが、同時に、守られるばかりでなにひとつ自分ではできないいらだちが、少しずつ心の奥にたまっていたことも事実だった。

自分は母の騎士であることを信じていた。どんなに小さくとも自分がいれば母は安全で、どんな危険が起こっても、自分が母を守れるのだと、むかしは本当に信じていた。

けれどももうそんな考えはない。子供でしかない無力さ、不安定さを、さとい心のスーティは誰よりも強く感じている。剣を持つことも、ふしぎな力を使うこともできない自分は、だれか強いおとなが母を救い出してくれるのをただおとなしく、だまって待っているほか方法がないのだ。

それでも母を助けたい、だれかを守りたい気持ちはスーティも同じだ。自分の無力さを実感していればいるだけ、もどかしさと鬱憤は、スーティ自身すら気づかないうちに胸に降りつもる。

母を救うことは自分の手にある。それはもうわかる。かよわい女性である母でさえ、実際には、おとなであるという一点において、スーティよりも強いのだ。

母を守っているつもりで胸を張っていたころにくらべて、さまざまな体験をへてスーティは急速に、そしてはるかにおとなに近づいている。だがまだ十分ではない。なみの子供よりずっとしっかりしていて、体も大きく知恵も働くとはいっても、スカールやブランを見ていれば、彼らのようにはとうていまだなれないことは、いやでも理解できる。

だが、自分も何かしたい。前に進むために。

誰かを守り、戦い、襲い来る火の粉を、頭を上げて払いのけたい。自分の手で。自分の力で。

腕に抱かれ、マントの下に隠れて、母のいないさみしさをこらえながら、無力な自分にじれったい思いをこらえているのは、もういやだ——そんな気持ちが、自分よりも弱く小さく、守るものすらいない幼い弟の姿に、一気に吹き出したのだった。

自分にはかあさまがいた。スカールのおいちゃんもいた。ブランのおいちゃん、だいすきなグインのおいちゃん。それに、おんなのひとにもなる鴉《からす》のザザに、わんわんのウーラ。

けれどもあの子にはだれもいないのだ。ほんとうに小さくて、まだ赤ちゃんの、ちっちゃな弟。

どんなにきびしい環境におかれても、スーティには、母に抱かれて甘えた日々の記憶があたたかく胸にともっている。だが、あの子のいた灰色のがらんとした部屋のつめたい空気、灰色の壁。やさしい色のなにもない場所。それを思うと、きゅっと心臓が縮んだ。あの子はきっと、ずっとあんなところで、ひとりぼっちで放っておかれていたのだ。

ドリアンの母アムネリスがどんな風に息子を扱ったのか、むろんスーティは知らない。けれども子供の敏感な心は、小さな弟の金茶の斑の散った瞳に、長い孤独に凍りつきかけた魂が震えているのを見てとっていた。

父親に関して、スーティはあまり考えたことがない。母はただ、強くてりっぱな人です、としか話してくれないけれど、りっぱな人ならどうして、あんなにやさしいかあさまをただ街なかにほうり出しておくのか。

ほんとうの父親というのは、妻と子供をだいじにして、何かがあればすすんで家族を守るものだ。それが、なぜ自分には父親がいないのかということを考えたすえ、スーティが達した結論だった。

　血のつながりは関係ない。母とともに転々とする生活の中で、ほかの家族を観察してみれば、血のつながりがあってもばらばらな家族はいくらでもいたし、まったく血縁はなくてもほんとうの親子以上に仲むつまじい家族もいた。母を手放し、息子に見向きもしないなら、それはきっともう、ほんとうの父親ではないのだ。

　自分には父親はいない。ならば自分が父親代わりになって、かあさまを支えよう。

　そう思い、願いつづけた小さい心は、同じように父もなく、しかも母さえ見あたらない弟に、自分と同じ、だが、自分よりもさらに幼く弱く、孤独にしいたげられた存在を見いだした。

　母のいない心細さや寂しさを、自分よりも幼い子を守るという行為によって埋めようとした面も確かにあるだろう。だが何より、小さな弟に手をさしのべることは、スーティにとって、今はかなえられない母の守護者であることの、代わりのように感じられたのだった。

　琥珀の発する熱で胸があつい。スーティは身体をゆすってしゃくりあげながら、がんこに前進しようと肩を張ってもがいた。

　琥珀は何か聞き取れない言語でつぶやき、スーティには理解できない単語をいくつか並べていたが、力をゆるめるようすはまったく見せない。ちょっとでも手足を動かそうとすると、やわらかく、だが断固とした力が、手首や足首をやんわりと押さえつける。

「おとーと、たすける」

べそをかいてスーティは繰り返した。

「スーティ、おとーとたすけるんだ。たすけなきゃいけないんだ。あのこ、ひとりぼっちなのに。かあさまも、とうさまもいないのに。わるいやつらがみんなでいじめるんだ。スーティ、おにーちゃんなのに。スーティのおとーと。スーティの。スーティの——」

「ほ。随分とだだをこねておるな、イシュトヴァーンの息子」

外からしわがれた声がした。

琥珀がふところでかっと一瞬燃え上がり、大きくひとつ飛び跳ねた。急に手足を押さえつけていた力がとけて、いきおいあまってスーティはころりと前に転げた。

ぶつけた鼻をおさえて起きあがると、『さがって！』と頭の中で大きな声が響き、スーティは思わず身をちぢめた。

「こはく？」

返事の代わりに、また手足を押さえつけようとする力がかかってきた。

だが、さっきまでよりずっと弱い。スーティはぬれた重たい綿に足をひっぱられるような気分になりながらも、小屋の戸口までゆっくり這っていって、首だけ出して下をのぞいた。

小屋をのせた大樹のふたまたになった枝の下に、背中の曲がった老人がたたずんでいた。

汚れた麻の長衣の裾をひいて、曲がった杖で身体を支えている。額ははげあがり、頭頂部からうしろに細い白髪がしょぼしょぼと生えているばかりで、細長い顔は空気を抜いた皮袋のようにしぼんでいる。

巾着めいてすぼんだ口は笑いの形にゆがんで、黄色く染まったまばらな歯が見えていた。この上なく年老いていながら、その全身からは異様な精気が放射されて、周囲の空気をわずかな虹色にかすませていた。しかしそれは暗黒の虹だった。黄昏の国の蜜色の光の中に、一点おちた腐敗のしみのように、不吉な影がさしていた。たくましい木の幹に、曲がった背中がゆがんだ黒い陰影がしみついていた。

「ほう、いたな」

黄色い乱杭歯をむいて、老人はにたりと笑った。

「以前にも遭うたことはあるが、しんみり話はせなんだの。なにせうるさい鷹だのなんだのがおったせいで、落ちつかなんだでな。しかし今度こそ人混ぜせずに、ひとつ、ゆっくり語り合おうではないかの、小《ちい》イシュトヴァーンよ」

『おさがりなさい、〈闇の司祭〉!』

また頭の中で声が爆発して、スーティはひっくりかえりそうになった。

ふところからめらめらと金色の炎が吹き出てきて、スーティの身体を三重にとりまいた。目をまるくしているうちに、頭のうえでひとつにまとまった火がゆらめく輪郭をとり、燃える髪をひるがえした童女のかたちをつくりあげる。炎の髪を翼のようにひろげた童女は、ゆらめく火の仮面の顔を老人に向け、細い足をのばして両手を広げた。

「こはく、どうしたの？　あれ、だれ？」

『口をきいてはいけません、星の子よ。あれは闇の力のものです』

ぴしゃりと琥珀はいい、ごうっと燃える髪を逆巻かせた。またやんわりと頭を押さえられかけたが、スーティは、ずっしり重く感じられる身体をじりじりと持ち上げ、さらに、小屋の床のふちまで行って首をのばした。

『グラチウス。〈闇の司祭〉。暗黒の力の操り手。混沌と不幸をよろこぶものよ』

空中に浮かぶ炎のひとがたがパチパチと火花を散らした。

『どうやって——いえ、あなたほどの力の持ち主ならば、確かに黄昏の国にも出入りできましょう。しかし、この子に手を出すことは、わたしが許しません。あなたは危険、けっしてこの子に近づけてはならない存在、わたしに属するすべてのデータがそう告げています。あなたはこの子の父を、そして母をも傷つけ、不幸におとしいれた。今度はその息子に対して、いったい何をしようというのですか』

「なにやら今回も、こうるさい子守りがついておるような」

老人――〈闇の司祭〉グラチウスは杖に両手をのせてうそぶき、首を出しているスーティに眠くなるような奇妙なまなざしを投げた。奇妙に黒い、白目が黄色くにじんだ目が琥珀とスーティを交互に見る。

「なんとも奇怪な力の質だの。パロの古代機械にどこか通じるものがあるか。機会があればじっくり調べてもみたいが、さて」

しなびた骨と皮の手をあげてさしまねく。

「まあ、それはのちのこととして、どうだ、降りてこぬかの、小イシュトヴァーン。わしとおぬしで、ひとつ、とっくりと男同士の話し合いをしようではないか。どうやらひどく腹をたてておったようだが、なにかの、意のままにならぬことでもあったかの」

『答えてはなりません、星の子』

すばやく琥珀がささやき、また手足に重い綿のような力が流れてまつわりついてきたが、今度はこれまででいちばん弱かった。ぶるっと身震いすると見えない綿はかんたんにちぎれて飛び、スーティは身体を起こすと、決然として小屋から身を乗り出した。あわてた琥珀がしきりに頭の中でさえずるのもかまわずに、枝をつたい、しっかりと幹をかかえこんで、慎重に地面へとすべり降りる。

「ほ、ほ、なかなかしっかりした子だ」

グラチウスはしゃっくりするような独特の笑いかたをした。唇をぐっと結び、胸をそらして立ったスーティを、いやらしげな目つきで眺める。

「うるさい子守りどのは置いておくとして……どうした、小イシュトヴァーンよ、何をそんなに怒っておったのだ。ひとつ、このじじいに聞かせてくれんかの？　なにやら力になってやれるかもしれんぞ。そこの子守りどのが言うてきかせておるかもしれんが、わしはグラチウスというてな。まあ、魔道のほうではそこそこ名も知られておる者じゃわい。さよう、〈闇の司祭〉と呼ぶものもおるが」けっけっ、と肩をゆすってまた笑う。

「坊やの父親母親ともまんざら縁のないものでもない……まあ、母親のほうはあまり知らぬが、父親のほうとは古いなじみよ。おう、騒ぐでないわ、子守りめが」

どっと炎を渦巻かせた琥珀にむかって唸る。

「こちらがおぬしの力を量れていないと思うでないぞ。さだめしパロか、あるいはかのグインめに属する何者かであろうが――ふん、あの豹頭王と似たようなにおいがぷんぷんするわい。心配せずとも、子供をさらおう、危害を加えようとは思うておらぬよ。ただ話をしようというておるだけだ、これ」

とまたスーティにむかって手をさしのべ、

「まあ、こっちへ来てすわらぬか。なんなら菓子もある。果物もある。腹が減っておるだろう。蜜と氷をいれたヴァシャの果汁はどうだの。じじいがなんでも出してやるぞ。

すわれ、小イシュトヴァーン」

「ちいいしゅとばん、ちがう」

きっぱりとスーティは言った。「ほう？」とグラチウスが片眉をあげる。

「スーティ、ちいいしゅとばんとちがう。スーティは、スーティだ。まちがっちゃだめ、じいちゃん」

グラチウスは虚を突かれたように目を見開いた。それから、きわめておもしろいことを言われでもしたかのようにけたけたと笑った。

『いけません、星の子よ、あの者のさそいに乗っては』

くるくると回った琥珀が炎の螺旋に乗ってすべり降りてきて前に漂ったが、スーティはかまわず、押し通るようにして前に進んだ。

なおも立ちふさがろうとした琥珀が、見えない波に押されてぐらりとかしいで後退する。さっと琥珀が頭をあげ、瞳のない火炎の瞳で黒魔道師をにらみつけた。グラチウスはかかげた杖をおろすところで、鉤《かぎ》のように曲がった爪をこすりあわせ、素知らぬ顔でにやついている。

「これこれ、邪魔をしてはいかんぞよ。小イシュト、いやさ、スーティがわしと話したいというておるのに、子守り風情が口出しするでないわ」

「こはく、スーティ、このじいちゃんとおはなしする」

琥珀がやり返すよりも早く、だめ押しのようにスーティが言った。

『いいえ、いけません、星の子。この男は危険です。とても危険』

「ふむ、子守りよりも、子供のほうが肝が据わっておるわい。いつも思うが、やはりあの男の血を引く子だけはある」

感心した口振りでグラチウスが呟くうちに、スーティは堂々とグラチウスの正面までいき、両足を折りたたんでどっかりと座りこんだ。まさに小王子もかくやという威厳ある態度だった。

「なにか食べるか。それとも飲むかの。なんでも欲しいものを出してやれるぞ。それ」

手をもみ合わせたグラチウスがさっと袖を振ると、草の上にふわりと白い布が広がり、豪華な茶会の食卓がそこに現れた。湯気をたてる黒っぽい甘い飲み物をいれた椀や、皿にいっぱいの果物、山盛りになった焼き菓子や蜜をまぶした薫製肉《くんせいにく》、砂糖衣《さとうごろも》をからめた色とりどりの練り粉団子。強そうな竜や戦士にしつらえた飴細工なども並んで、子供ならよろこんで飛びつきそうなごちそうの卓である。

スーティはその手には乗らなかった。甘い匂いにぴくりと鼻をひくつかせはしたものの、毅然と食べ物から顔をあげて、

「はなしってなに、じいちゃん。スーティ、いそいでる」

「はて、子供がそのように急いでどうする。別に毒など盛ってはおらんに」

練り粉団子をひとつとって口に放り込み、赤黒い舌でグラチウスは指をなめる。

2

──しっかりしているようでも、やはり子供よ。

ねばつく指をねぶりながら、グラチウスは心の中でほくそえんだ。

クリスタルに侵入し、謎の相手にうちのめされて、暗黒の閉鎖空間に囚われた痛手はまだ癒えていない。一度切り離された手はまだ痺れるように痛むし、気を張っていないとぽろりともげ落ちそうになる。

自らが一度張っていた罠が、はからずも自分自身を助けた。パロの仮面の男によって虜囚となっていた閉鎖空間から脱出できたのは、手首を分身としてケイロニアはダナエ城に送りこんでいたおかげだ。

怪異を知ってそこにやってきたグインがふるったスナフキンの剣の一撃により、黒魔道の力が打ち破られるとともに、逆流していた力がグラチウスを閉鎖空間に閉じこめていた壁をも砕いた。この機を逃さずグラチウスは虜囚の身をのがれ、ようやく現世に戻ることができたのである。

しかし、だからといって安穏とできたわけではなかった。出現できた眼前には魔を斬る剣をかまえた豹頭王グインその人がいて、敵意もあらわに身構えているのである。パロの魔人にうちのめされ、さらにまたスナフキンの剣の一撃を、直接にではないとはいえ浴びせられていたグラチウスに、グインとまともに相対するだけの力はまだ戻ってはいない。グラチウスにかけられるのは、黒魔道師としての舌先三寸の力しかなかった。

さいわい、自分を追うよりもグインが優先しそうな人間の危地をグラチウスはとらえていた。ワルスタット侯ディモスの妻女アクテとその子らである。

なんらかの力――おそらくは、竜王とその傀儡であろうところのかのパロの魔人――の介在により、かつて愛妻家で知られたディモスは異常な野心にかられたか、アンテーヌ選帝侯の息女である妻のアクテを、自らのワルスタット城に捕虜とする暴挙に出た。

その前にグインは、シルヴィア皇女の産んだ不義の子であるシリウス皇子のために、遠く北の果てベルデランドまで出向いている。シリウスはダナエ侯ライオスの子であり、正当なケイロニア帝統はグインや側腹のオクタヴィア皇女ではなく、シルヴィア皇女とライオスの子であるシリウスにこそあると主張する、この手記を仕込んだのはグラチウス自身である。

シリウスの件をおさめ、さらにこの手記の真偽をただすためにダナエ城に乗り込んだグインであったが、いまだ新帝の位の安定せぬケイロニアにおいて、黒魔道師の追跡よりも優先せねばならないのは、国内における内戦の火種を消すことである。グインを皇帝に推挙する会議においても反対票を投じたワルスタット侯にはグインも不審を抱いていたかもしれないが、はっきりとした反乱の意志を確認していたわけではない。

ワルスタット侯自身はパロにいてどうにもできないが、グインの性質からして、対立の種であるというより先に、か弱い女性や幼児が厳しい環境に囚われの身となっていることを知れば、そちらを優先せずにはいられない、少なくとも、大きく心を揺り動かされるはずだ――というグラチウスの読みは、みごと当たった。

その覇気でしっかと黒魔道師をとらえていたはずのグインの心がゆらいだわずかな隙に、グラチウスは力をふりしぼって豹頭の英雄の力をすりぬけ、魔道の空間におのれを投じたのだった。

とはいえ、認めるのもいまいましいことだが、いまだ自由に空間を行き来できるほどの力はグラチウスには戻っていなかった。パロの魔人に痛めつけられた上、グインの一撃は考えていた以上の力を彼から削り取っていたのである。

なんとか魔道の時空に逃げ込んだはいいものの、自由に移動することはできず、力の流れを制御するだけの魔力すら引き出すこともままならない。ふだんなら感じることさえ少ない魔道の空間の乱流に巻き込まれ、自己をたもつのがせいいっぱいというところで、まるで新米魔道師なみにあっぷあっぷしながら浮き沈みし、情けなさと苛立ちに歯噛みしていたところへ、とつぜん、何かがやってきた。

まるで頭上にやけた鉄を流し入れられたようだった。おぼれかけていたグラチウスはぎくりと頭をあげた。魔力を映す視界が勝手に開き、暗黒の空間のそのまたむこう、星々の浮かぶ遠い時空を見つめた。

はるかな頭上――上も下もない異次元の空間のことゆえ、あくまで比喩的なものにすぎないが――を、強烈な暗黒の力が、猛烈に燃える帚星《ほうきぼし》の青じろい不吉な炎をひいて、囂々《ごうごう》と横切っていったのである。

まるで死人の魂を数百万、数千万も集めたかのごとき、負のまばゆさを放つ火球であった。しかも、それが本来、それ自体の有しているはずの力の、さらに小さな一部が現れているにすぎないと、魔道師であるグラチウスの感覚は感じとっていた。それが触手めいた筋を引き、表面をおびただしい異形の顔や肉体の形に波立たせながら、どこへかは知らぬ場所へ、悠々と時空を渡っていくのである。

それが、琥珀とスーティが目にしていた、強力な暗黒の王、おそらくは竜王そのものの存在であるとは、その時のグラチウスは知るよしもない。

ただ、つかむものすらない闇の空間の乱流に翻弄されつつ無我夢中で手をのばし（これもあくまで比喩的ながら）、そのしっぽをつかんで身体を引きずりあげ、乱流から這いあがって、たどりついた最初の場所へ、ほうほうの体で身を投げ出したのだった。

それが黄昏の国であり、スーティと琥珀がいた小屋の近くであったことは、おそらく同じときに同じものを見ていた事実が、ふたつの点のあいだにある引力をもたらしたせいであったのだろう。

しばらく横たわり、おぼれた男同然にあえいでいたグラチウスだったが、妖魔と精霊の土地である黄昏の国には、黒魔道師の好む暗黒の気ではないとはいえ、自然の魔力があふれている。周囲から魔力を吸収し、やがて、起きあがって歩き回れるほどに力を取り戻したグラチウスが聞きつけたのが、泣きわめくスーティの声だったのである。

——この子供のほうから、わしの手中に飛び込んでくるとは。これも、ドールのお導きか……

ねとつく菓子を嚙みながら、心中笑いの止まらないグラチウスであった。

もともと、シルヴィアのほうにはもはや興味をなくしている。彼女を利用し、中原をかき回してたのしもう、あわよくばグインにふたたび魔手をのばして、その力をつかもうと考えていたところだったのだが、パロの魔人に同盟をすげなく拒否されたことによって、この意図はついえた。

ついえた計画の駒に、いつまでもかかずらわっているグラチウスではない。この黒魔道師には、きわめて老獪《ろうかい》であると同時にみょうに子供っぽいところがあって、失敗したり、飽きたりしたものはさっさと捨て去り、その存在すら忘れてしまうのだ。もともとシルヴィアの存在は、この老人の黒い頭の中からは一時ひいていた。ケイロニアを売らせる餌として使えないのはわかったが、どうやら竜王もそれなりに執着はしているらしいのを見ると、あちらもいまだそれなりの使い道を見いだしているようではある。

むろん、みすみす譲り渡してやる気はない。とはいえ、今はとりあえず淫魔のユリウスをそばにつけてはあるが、あの魔物がどの程度のことができるかはわからない。実に腹立たしくはあるが、今は力も足りず、手の出しようがない以上、あのうるさいめんどり娘に対しては、座視するしかないのが実情である。

それに手出しのしようがないことを考えていて、目の前の面白げな幼児をとりのがすなどとんでもない。シルヴィアはまた改めて操る手立てを考える。今はこの、赤く腫れた目を怒ったようにこすっている幼児を、どうにかするほうが先決だ。

以前、この子供に手を伸ばそうとしたときには、スーティは眠っていた。まだ自分の意志のさだまらない幼児を手元におき、その脳にひそかな命令を仕込んで野に放つ遊戯は、過去からグラチウスの好むところであった。しかもスーティは紅の凶星をいただくイシュトヴァーンの息子、ゴーラの王の血を引く王子とあらば、安寧をかき回すひしゃくには最適とばかりに手を出しに行ったのだが、そばにはあの草原の黒太子スカールと、ヴァラキアの騎士ブランがいて、そろって牙をむいていた。

いかに両人が強い剣士であろうと、これもまた舌先三寸でまるめこむか、できなければ隙を見てさらいとるか――と、あれこれしゃべりながら算段していたグラチウスの意図をくだいたのは、いまいましいあの〈ドールに追われる男〉、イェライシャである。

それ以後は手に入れたシルヴィアを操ることにかかずらわっていて、スーティのことはほとんど忘れていたのだが、さてシルヴィアの方がもう使えないとなったときに、はかったようにこの子供に引き寄せられたのはまさしく悪魔神の導きとしか思えない。

さいわい、いまはスカールも、ブランも、やっかいなイェライシャも近くにはいないようだ。口うるさい人外の子守りはついているが、子供がこうと決めたことを、無理に制止するだけの力は持っていないらしい。

両足を組み、小さいながらもどっかりと草に腰を据えた幼児はぎゅっと口をむすんでこちらをにらみつけているが、なに、どこまで行っても子供は子供、わしの言葉に大人すらたやすくまどわされるもの。年端もいかぬ小児ひとり、何条もってだませぬはずがあろうか――と、ちゅっと舌を鳴らしてグラチウスは思った。

「さておぬし、スーティ坊や。何をそんなに泣いておったのかな。何か、気に入らぬことでもあったかの」

「スーティ、おとーとたすけにいくの」

いきなりスーティは言った。

『星の子、いけません！』と炎のひとがたが叫び、くるくるとあたりを回ったが、気にもとめない。茶色い瞳は力強くきらめき、臆した様子もなくグラチウスを見返していた。

「おとーと、わるいやつにつれてかれたの。スーティ、おにーちゃんだから、おとーと、たすけにいかなきゃいけない。じいちゃん、スーティ、てつだってくれるか？」

『星の子、星の子よ、口をきいてはいけません、いけません』

「じいちゃん、おひげのじいちゃんに、なんかにてる」

ふっくらした唇が考えるようにとがった。

「おひげのじいちゃん、まどーしだって、スカールのおいちゃんいってた。じいちゃんも、まどーしか？　まどーしって、つよいか？　スーティがおとーとたすけるの、てつだえるくらい、つよいか？」

「おう、わしは強いぞ。その、ひげのじじいとかいうやつよりは、よっぽどのう」

おひげのじいちゃん、というのはおそらくイェライシャのことか。いまいましい白魔道師と似ていると言われるのは業腹《ごうはら》だが、子供の素直な感覚には、流れは違うとはいえ、魔道に属するものの同じにおいが感じ取れるのだろう。

「坊やは知らんだろうがの、むかし、あ奴はわしに負けて、五百年も牢屋に閉じこめられておったのだ。このわしがな、閉じこめてやったのだぞ。だからして、わしはイェライシャなどよりはるかに強い。よっぽど、坊やの力になってやれるぞ。弟を助けに行くとな？」

しっかりとスーティはうなずいた。琥珀の影はもはや言葉も出ずに空中をぐるぐる回っている。

「スーティ、みえた。おっきなへやで、スーティのおとーと、ひとりぼっちだった。わるいやつきて、おんなのひところして、おとーとつれてった。おとーと、たすけてあげなきゃ。スーティ、おにーちゃんだもん。おとーと、たすけてあげなきゃいけないんだもん」

「そうかそうか、兄か」

すっかり満悦して、グラチウスは膝を打った。スーティの弟ということは、ゴーラの王宮で養われている現ゴーラ王太子、ドリアン王子である。

ゴーラに乱の気配があり、その中心にまたも使えそうな幼児がいる。しかもこれまたイシュトヴァーンの息子で、かつまた、いま目の前に、その兄がいて、弟を助ける手助けをしろと、幼い口で言っている。

これほどうまい話がまたとあるだろうか。笑いながら手を打って踊り出したい気持ちをおさえて、グラチウスはあくまでそしらぬ顔を保ち、無言でドールに感謝の祈りを捧げた。

「さよう、兄弟は助け合わねばならん。弟を助ける、これこそ兄のつとめというものではないか。これ、そこの子守り、うるさくさえずるでない」

ぱちぱちと火花を散らしてくる琥珀の影をじろりと睨む。手をあげて影の矢を投げると、大きく火花が散って影がふわりと後退した。

「わしはいまスーティ坊やと話しておるのだ、邪魔するでないわい。――で、坊や、おぬしはわしにどうしてほしいのかの」

「おとーとのとこ、つれてって」

まばたくと、また大きな涙の粒が頬を流れ落ちた。スーティは苛立ったようにごしごし乱暴に顔をこすり、ぶるっと頭を振った。

「おとーと、わるいやつらのとこで、こわがってる。スーティ、そばにいって、たすけてあげる。そばにいて、こわくないよって、いってあげる。スーティが、おにーちゃんがいっしょだよって、いってあげるの。ひとりぼっちなんて、そんなのだめ。スカールのおいちゃんや、ブランのおいちゃんみたいに、スーティだって、おとーとまもってあげるの。かあさまが、かえってくるまでに、おとーと、ここへ、つれてきてあげるの。かあさまがスーティ、だっこしてくれるみたいに、スーティも、おとーと、だっこしてあげるの」

話しているうちにまた鼻声になってきた。じれったげに鼻をすすり、目をこするが、次から次へと新しい涙がわき出てきて、頬からあごへ、膝へ、地面へとぱたぱた落ちる。しゃくりあげて声をとぎらせながら、スーティはなおも言いつのった。

「スーティだって、おとーとまもれる。スーティ、おとーとにいてほしい。きょうだい、いっしょにいなきゃ、だめ。なかよくしなきゃ、だめ。あのこがいたの、スーティ、しらなかった。ひとりぼっちなの、しらなかった。でももうスーティ、わかった。だからあのこはいっしょにいるの。スーティといっしょにいるの。いなきゃいけないの。スーティといっしょに、かあさまのこになるの。あんなわるいやつらのとこへなんか、ぜったい、ぜったい、おいておけないんだもん」

「おうおう、そうかそうか」

また声をあげて泣き出してしまったスーティを親切めかして袖でかばいながら、腹の底では笑いがとまらないグラチウスである。

「そうだのう、兄弟はいっしょにおらねばのう。よしよし、泣くでない、泣くでない。このグラチウスがなんとかしてやろうな。スーティ坊やも、弟の坊やも、ふたりそろって仲良く暮らせるように、ちゃんとしたところへ連れて行ってやろう。このような、小汚い小屋などではないぞ。王子の身分にふさわしいりっぱな屋敷と、馬と、衣装を用意してやろう。わしが手ずからいろいろ教えてやるぞ、学問も、魔道も……なんでもな」

黒魔道師の瞳が邪悪にぎらついた。

「坊やをこのような、火花ひとつ置いただけの場所へほうり出していくものなど忘れてしまえ。母御もな、すぐに連れてきてやろう。坊やが寂しくないように、おおぜいの下女も、従者も、みな与えてやる。ただしな、わしのいうことは、ちゃんときいてもらわねばならんぞ。なんせわしがこれからは、坊やと弟の世話をするのだからな。世話をしてくれる者のいうことはちゃんと聞くのが、よい子供というものではないか、どうだの」

言いながら、じりじりと手をのばしてスーティをしっかりつかもうとする。

この黄昏の国では、黒魔道は表の国よりも効きがわるい。死と闇を糧とする黒魔道に対して、基本的に生きた自然そのものの精気の上に成り立っている黄昏の国の存在が、根本から相反するためである。

よってここからスーティを連れてどこか、安穏とできる場所へ転移するには、通常よりも力がいるし、空間的にも次元的にも、かなりの距離をまたぐことになる。

さらに、いまのグラチウスはとうてい万全と呼べる状態ではない。この地の魔力で多少回復はしたものの、ふだんの力に比べれば赤ん坊のような力しか出せないし、なみの魔道師に比べればそれでも強いとはいっても、もしスーティが暴れたり、力の制御をあやまったりすれば、せっかくつかまえた獲物ごと、また魔力の乱流に落ち込んでしまうかもしれない。

　ここは慎重にせねば。袖の中でそっと印を組み、のどの奥で予備的な呪文を組み立てながら、グラチウスはスーティの袖をつかみ、手首へ、腕へ、肩へと、じわじわとその骨ばった手をまわしていこうとする……

　とつぜん熱い炎が爆発した。

　グラチウスはぎゃっと声をあげて跳びのき、焼かれた指先をかかえて野獣のように唸った。スーティはびっくりして泣きやみ、目を丸くして空中を見上げている。

「おのれ、火花風情が」背中を丸めてグラチウスは吠えた。

「わしの邪魔をするか。古代機械のかけらめが、利いた風な」

『自己修復プロセスを中断しました』

　空中いっぱいに炎がうずまいていた。轟々《ごうごう》と燃える火炎の大渦がスーティをとりまき、三重にも四重にも囲い込んで、歯をむき出したグラチウスを威嚇するように大きくうねる。その中心に、白い衣を輝かせた、琥珀の髪に黄金の瞳の童女の姿が浮かび上がってくる。

「こ、こはく？」

『第一行動目的を変更』と琥珀は言った。

『鷹からのコマンドにより、自己修復および時空探査に使用していたリソースを、ガーディアン機能に集中。現在使用できるすべてのパワーを解放し、危険の排除を行います』

そう言うが早いか、あたりが真っ白に輝いた。正視もならぬほどの光と熱があふれて一瞬に凝縮したかと思うと、スーティはきゃっと声をあげて頭を抱えた。それが煮えたぎる熱の尾をひいて黒魔道師に突進していったのである。

グラチウスはかっと口を開いた。洞窟のような口からほえるような呪文が飛び出したかと思うと、薄墨色にかげる障壁が出現して、白熱する光球を受け止めた。

耳の痛くなるようなとどろきがあたりを圧した。回転する鉄と岩がこすれあうようなスーティは思わず耳を押さえてその場に転がった。グラチウスは黄色い歯をむき出し、顔面をひきつらせて、両腕を前につきだしている。

猛回転する白熱球の中心に、炎の髪を爛々《らんらん》と燃え上がらせた琥珀の姿があった。奔放に乱れる長い髪ははげしく飛び交いもつれ、何重にもからみくるめきながら白熱の球を生み出している。

金にやけつく両目は黄金一色で、瞳を見分けることはできない。人ではない小さな顔はまったく表情をなくし、美しい仮面めいて固まっている。まったく感情のないそのかたい顔は、スーティにむけてほほえんでいたものと同じとはまったく思えない無情と冷徹に固められていた。

ものすごい光が花開いた。赤黒い闇の力が拮抗し、のしかかろうとする炎を呑み込もうと逆に襲いかかる。グラチウスは獣のような声をあげて体をのばし、腕を振った。琥珀は身じろぎもしなかったが、その逆立つ髪がさっと開いて四方に飛び、グラチウスを包み込もうとまわりこむ。

グラチウスの張った結界がきしむ。大きくしなった壁の内側に立って、グラチウスは歯をむき出した。杖を上げると、琥珀の広げる白熱光の中にぼこぼこと暗黒の穴が開き、じわじわ大きくなりはじめる。琥珀はそちらに顔を向けもしなかったが、軽く頭をゆすって、うねる髪をゆらした。口を開いた暗黒が、また元通りにじわじわ口を閉じていく。

「こしゃくな木っ端機械めが」両手を振りながらグラチウスがどなった。「どうするか、見ているがいい——」

「やめて！」

ぎょっとしたようにグラチウスが硬直した。琥珀でさえも輝く頰をわずかに動かして停止した。涙声の、喉が裂けんばかりのスーティのわめき声には、それほどの切迫した勢いがあった。かれは両拳を握りしめ、両目に涙をいっぱいためて、怒った肩をわなわな震わせてそこに立っていた。

「こはく、やめて。じいちゃんもやめて。スーティはおとーとたすけにいきたいだけだ。けんかしちゃ、いやだ」

『星の子よ、この者はあなたに危害を加えるのです。危険な存在です』

まだ非人間的な仮面めいた顔を保ちながら、琥珀はどこか困ったような声で言った。

『わたしはあなたのガーディアンとして、この者の存在を看過することはできません。あなたの安全が、現在のわたしの第一目的です』

「なにが危険か、くず鉄めが」グラチウスが吐き捨てた。

「わしはこの坊やを安全に守って、弟と再会させてやろうと言っているだけじゃい。それのどこが危険かね。危険というなら、こんな妖魔のうようよしとる場所にぼろ小屋と火花ひとつをくっつけて放り出しておくほうが、よっぽど危険じゃろうが」

『わたしはくず鉄ではありません。わたしは〈琥珀〉、〈ミラルカの琥珀〉です』

「やかましいわ、小娘。さっさと引き下がって、わしに坊やを預けい。きさまごとき、坊やの望みをいれて弟を助けにいかせることもできんのじゃろうが」

「じいちゃんはできるの？」

琥珀がなにか言おうとするよりはやく、スーティが身を乗り出した。

「じいちゃん、スーティをおとーとたすけにいかせてくれるの？　おとーとのとこ、つれてってくれる？」

「おうとも、さっきからそう言っておるだろうが」

たちまちグラチウスは上機嫌になって手をこすり合わせ、喜々として、

「な、坊やがわしのいうことを聞いて、いっしょにおとなしく来てくれればすぐ弟にあわせてやれる。母御もすぐに連れてきてやるぞ。無能な白魔道師や騎士どものことなど忘れてしまえ。わしは強いぞ、な、坊や。わしのところで待っていれば、なにもかもすぐによくなるのだ。だからの、坊や」

「スーティ、おとーとのとこいく」

言いつのろうとしたグラチウスをさえぎって、スーティははっきりと言った。

「じいちゃんのとこへはいかない。じいちゃん、スーティ、おとーとのとこへいく。じいちゃんがつれてってくれるなら、スーティ、ついてく。スーティ、おとーとたすける。おとーとのとこへ、スーティ、いってあげるんだ」

「うむ、うむ、それならば、弟のところへ連れていってやろうとも。なあに、すぐだとも」

グラチウスとしては、スーティさえつかまえることができれば行く先などどうにでもなるのである。意識を奪って眠りこませてしまえば、あとは子供ひとり、なんとでも言いくるめられると思っている。弟のドリアン王子はもちろんあとから手に入れてくるつもりでいるが、スーティを連れていくような手間をかける気はみじんもない。魔道の催眠と影の操り人形で、いくらでもごまかしがきく。

『許しませんよ、闇の司祭。近づいてはいけません、星の子』

「やかましい火花は黙っておれ。この子が選んでわしのところへ来るというのだ。主人の選んだことに、子守りが口を出すのでないわ」

　スーティはなすすべなく漂う琥珀の後ろから進み出て、手を差し出した。腹の底で満悦の笑いを漏らしながら、グラチウスが、皺びた指でその手を取ろうとする。

　スーティの小さい指が黒魔道師の手につかまれようとしたその瞬間、空間が開いて、中から銀色の閃光が矢のようにとびだしてきた。

　あまりの勢いにスーティは後ろに転び、腰を落としたまま目を丸くしている。銀色のものはすさまじいうなり声をあげて黒魔道師にのしかかり、たくましい四肢を張って、身震いしながらとどろく咆哮を放った。

「わんわん！」

　スーティは歓声をあげて飛びついた。ザザやスカールとともにヤガにいるはずのウーラが、首をねじ向け、桃色の大きな舌でスーティの顔をべろべろとなめ回す。涙も忘れてスーティはきゃーっと声をたてて笑い、ふかふかの銀のたてがみに頬を埋めた。

「わんわん、どうしてここにいるの？　スカールのおいちゃんは？　とりのおんなのひとはいないの？」

『よかった、間に合いましたね。この老人が張っていた障壁に邪魔されてたどりつけないかと思いましたが』

琥珀がふわりと漂ってきた。燃える髪は少しばかり勢いをおさめ、あたりを満たしていた白光はうすれている。金色に満たされていた瞳に徐々に表情が戻ってくる。

『わたしが鷹に、緊急コールを発していました。鷹は自身が戻れない状況のため、ウーラを護衛によこすと言っていましたが、闇の司祭が展開していたフィールドに邪魔されて、到着が遅れたようです』

ウーラはスーティをもう一舐めすると身をよじり、足の下にとらえたグラチウスにむかってもう一度ものすごいうなり声を上げた。ずらりとそろった牙をむいて、今にも喉笛を噛みやぶらんばかりのいきおいだ。

「ま、ま、待ってくれ。年寄りに乱暴はせんでくれ」

大の字に地面に貼りつけられたグラチウスはあせった声をあげた。杖は遠くに飛ばされ、両手両足は、鉄のようなウーラの爪でがっちりと押さえつけられている。

万全の調子の時であればこの体勢からでも反撃はできただろうが、残念ながら、いまのグラチウスは好調にはほど遠い。杖を奪われ、四肢の自由も奪われた状態では、強力なノスフェラスの狼王の自然の力には、とうてい対抗できるものではなかった、

「わしは坊やに悪いことはせんと言っているであろうに。坊やを弟に会わせてやる、ただそう言っているだけだのに、なにをこんなにいじめるのだ」

『嘘をおつきなさい。星の子を連れ去って、自らの傀儡《かいらい》とすることしか念頭になかった

めるのでしょう。鷹もそう警告していました』

琥珀が決めつける。ウーラもそうだ、というように、不吉にうなってぐっと身をかがめる。熱い息が喉仏にふれて、グラチウスはぎくりと身をすくめた。

「さ、さ、それは、それはの……ええい、それの何がいかん。何が悪い。わしは坊やを安全に守るということでは嘘をついておらんわ」やけになって怒鳴り散らす。

「きさまらがこの坊やを騒乱の中であっちに投げこっちに投げしておるかわりに、わしは安全な結界の中でぴったり危険のないように育ててやろうと、そう言うておるだけではないか。わしの結界のほうが、こんな話のわからぬ子守りや、狼なんぞのうろつきまわる場所で育っておるより、よっぽど子供にはよいわい」

『お黙りなさい、黒魔道師』

鋭く琥珀は叱って、『さあ、星の子』とやさしくスーティにむかい、

『小屋に戻りましょう。こんどは、狼王もいっしょですよ。このような者が侵入しないよう、以後はわたしも監視を強化します。鷹が戻ってくるまでは、あそこで静かにしている約束ですよ。忘れたのですか』

スーティは頭を振った。忘れていない、とも、忘れた、とも、どちらともとれるしぐさだった。ウーラに貼りつけにされて顔を引きつらせているグラチウスをじっと見つめ、そっと狼王の首から腕をほどく。

「わんわん。じいちゃんはなしてあげて」

『星の子！』琥珀が非難するように声をあげる。そちらへは目を向けず、スーティは繰り返して、

「じいちゃん、はなしてあげて。わんわん」

ウーラはしばらく逡巡するように低くうなっていたが、やがて、のっそりと身体を動かしてグラチウスの上からどいた。しかし、すぐそばに身を低くして構え、もし何かあやしげなそぶりでもあればすぐさま飛びかかる姿勢は崩さない。

「ああ、ああ、ひどい目にあったわい」

グラチウスはひいひい言いながら起き上がり、胸を押さえて、大げさに咳きこんで肩で大きな息をついた。

「年寄りになんちゅうことをするのだ、このぼさぼさ毛皮めが。子供のためを考えていうてやったのに、その礼がこれとはどういうことじゃい」

「じいちゃん、スーティをおとーとのとこへつれていく、ていった」

スーティは大きな目をしてグラチウスを見つめていた。

「スーティ、おとーとのとこいきたい。じいちゃん、スーティ、おとーとのとこ、ほんとにつれてってくれるか？」

「ああ、ああ、つれていくとも」衣の土をはたきながら、グラチウスは投げやりに言っ

た。「坊やのうるさい子守りどもが、許してはくれぬだろうがな」

「なら、スーティ、じいちゃんといく」

『星の子!』グラチウスがぎらっと目を光らせると同時に、琥珀が断固とした反対の声をあげた。

『いけません！　この者は危険です、あなたを自らの手中に閉じこめて、意のままにしようと考えている闇の力のものなのですよ！』

「でも、いまは、おとーとのほうがきけんだ。おとーと、つかまってる。わるいやつらだ。スーティ、おとーとをたすけたい。たすけなきゃ」

ウーラの肩に手をおいて、スーティはひたとグラチウスに目をすえた。

「スーティ、じいちゃんとこへはいかない。でも、じいちゃんがおとーとさがし、てつだってくれるなら、ついてく。おとーとたすけるの、てつだってくれるんだったら。スーティ、おとーとたすけたい。じいちゃん、スーティ、てつだってくれるか?」

「ほう、ほう、ほう、見い！　子供のほうがよっぽどものわかりがよいわい」

グラチウスは手をうって笑った。

「うむ、うむ、よいぞ、手伝ってやろう。坊やは実によい子だの。ドリアン王子もよい兄を持ったものだ。こうるさい子守りどもより、よっぽど話が通じるわい」

『いいえ、いけません、星の子。この者はあなたを預けるには危険すぎる』

「やかましいのう、ならば、きさまらもついてくればよいではないか」うるさげにグラチウスは手を振った。

「好きなだけ子供のそばで跳ねまわって、うるさい口をきいておれ。わしは坊やとふたりでドリアン王子を助けてやろう、のう、坊や、スーティや。坊やは勇敢な子じゃ。きっと弟も、すぐに助けてやれるぞよ──」

いきなり、喉を絞められたように声が細った。よろよろと後ずさったグラチウスは、首に手をあて、目をむきだして背中を丸めた。

その両手首に、金色に光る細い輪が巻きついていた。一種手錠か、手縄のように見えるそれは、黒魔道師の骨ばった手首に食いこんで締めつけ、ぎらぎらと輝いていた。

同じような輪が、首もとにも巻きついていた。手首についた輪よりももう少し太い、犬の首輪のような輪で、それがグラチウスの首の付け根をぐるりと巻き、まばゆい光を放っている。

「こ、こ、こ、これは」

グラチウスはあえいでなにか言おうとしたが、声が出ないようだった。何度かあえいで、両手を琥珀やスーティの方へのばそうとするが、その両手にはまった光る輪はいよいよ明るく燃えて、その行動をとがめるかのようにまたたく。

『鷹からのコマンドにより、星の子の肉体と精神の保全はすべてわたしの判断に一任されました』

琥珀がおごそかに言った。

『かれの現在の体内反応、脳波および精神波形、現状の総合的観察、および今後の行動予測とそれによって起こる意識変化に関する計算の結果、彼の完全な保護と安全に関しては、弟ドリアン王子の救出が不可欠と判断します。またそれには、星の子自身の主体的な参加が前提となります。黒魔道師よ、あなたは、危険因子ではありますが、星の子をある程度守護するだけの能力を持ち合わせています』

「なにを言っておるのかわからんわい。これをはずせ！」

グラチウスは首にはまった輪に両手をかけてひっぱったが、びくともしない。光の輪はいつの間にか質量と形をそなえて、しずんだ真鍮のような色のくすんだ金属の首輪に変わっていた。両手の輪もそろいの色と形の輪になっている。

『それはわたしの存在の一部を変換した物質です。あなたの力を制御し、星の子に危害を与える意図があれば、それを停止、逆流させます。わたしが再変換して自己に戻さなければ、外れることはありません』

顔を真っ赤にしてがんばっているグラチウスに、琥珀は言いわたした。

『あなたはわたしたちもついてくればよいといいました。その提案を受け入れましょう。わたしたちはあなたと星の子に同行し、ドリアン王子の救出に従事します。星の子の精神の安定には、かれを頼り、かれに守られる小さな者の存在が必要です』

「なんじゃと、そんな話を誰がした！　許さんぞきさま、これをはずせ、はずさんか！　ええ小癪《こしゃく》なぼろ機械めが、はずせ、はずせというに！」

「こはくもくるの？　わんわんも？　いっしょに？」

『ええ、星の子。あなたをひとりでおくわけにはいきませんから』

悪戦苦闘しているグラチウスを放っておいて、スーティは目を輝かせてウーラに抱きついた。ウーラは嬉しげにクーンと鼻を鳴らし、巨大なふさふさの頭をスーティの額に擦りつけた。

『鷹への報告はわたしがしておきます。現在、彼はまた闇の影の奥に沈んでしまってリンクがつながりませんので、しばらくはわたしが独自の判断で行動するしかありません。けれど安心してください、星の子。あなたの身に危険が迫るようなことは、けっして、わたしがさせませんから』

3

黄昏の国で、スーティの前にグラチウスが現れた、ちょうどそのころ——

——ああ、鷹！　鷹！

いきなり頭に飛びこんできた悲鳴のような叫び声にスカールはびくっと身を震わせた。

壁には暗い油火がひとつ、消えかかってまたたいているだけで、あたりはうす暗い。箱のような真四角のせまい部屋で、どうやらもとは僧侶の瞑想室として使われていたらしいが、いまは格子が入れられ、見張りが立てられて、牢獄として使用されているようだ。

床には何枚かの布と藁《わら》がしいてあるばかりで、そこで、〈新しきミロク〉の兵士に連れてこられた何人かのミロク教徒たちが、思い思いにうずくまったり腰掛けたり、両手を組んで祈りを捧げたりと、さまざまな姿勢でいる。

スカールは長衣の頭巾を深くおろし、疲れて居眠りでもしている体で、部屋の目立たぬ片隅で頭を垂れていた。反対側の壁のきわでは、いっしょに連れてこられたアニルッダ青年が、きちんと足を組み、背筋を伸ばして、瞑想の姿勢でじっと動かずにいる。額や顎、首から肩へとのびる蔓草《つるくさ》模様の入れ墨がかすかな光に浮かび上がり、炎の揺らめきにあわせてゆれ動くかのようだった。

——誰だ。何事だ。

声を出さずにすんだのはひどく喉が渇いて、舌があごに貼りついていたせいかもしれない。この部屋に押し込まれてすでに三刻《ザン》はたっており、外ではそろそろ陽が昇りかけているにちがいないのだが、誰も飲み水も、食べ物も差し入れにくる気配がない。

——わたしです、鷹。琥珀です。

——ああ、おまえか。どうした。なにがあった。

切迫した調子の琥珀の声に、にわかにスカールの背筋にも緊張が走った。おろした頭巾の下に瞳を鋭くしながらひそかに起き直る。ここに入れられる前に男女が分けられたので、ザザとティンシャは同じ部屋にはいない。おそらく女信徒だけが集められた別室にいるのだろうが、ティンシャはともかく、ザザは自分の面倒は自分で見られるだろうし、彼女がか弱い少女を無下にするわけはないので、そちらのほうは心配しないでおいていた。

——敵です。暗黒の力を操るものが現れました。グラチウスと名乗っています。

——グラチウスだと！

あやうく口からもれそうになった叫びをあやうくこらえる。

——いかん。そいつをスーティに近づけるな。そいつは邪悪な黒魔道師で、以前からスーティを手に入れようとつけねらっているドールの使徒だ。

——ええ、この者の放っている力の性質からもそれがわかります。でも、星の子がわたしの判断のあやまりで、ひどく動揺していて——

琥珀はスーティと夢を通じあわせた結果、遠いゴーラでドリアン王子に起こった事態を幻視したことを語った。またそれによってスーティが実の弟を襲った危難にひどく心を動かされ、どうしても弟を助けに行くのだと言い張ってきかないことも。

——それで、どうにか彼をなだめようとしていたときに、このグラチウスなる者があらわれたのです。彼を小屋からさそいだし、甘言を弄して、星の子をいずこかへ連れ去ろうとしています。いま、わたしに付与されている権限だけでは、この闇のものに退去を命じる以上のことはできません。指示を求めます、鷹よ。

——おまえは古代の神々に似た何かなのだろう。フェラーラで使った力ほどではなくとも、なんとかグラチウスを撃退することはできんのか。

——わたしの機能はまだ、完全ではありません。

悲しげに琥珀は言った。

——また、現在は自己修復と時空探査にリソースを割いているため、すべてを完全な防衛機能に切り替えるには、現在の仮マスターであるあなたのコマンドが必要です。もっと早くリンクを起動するはずでしたが、あなたのいまいる地点は暗黒のエネルギーに深く隠され、接続を確立するのが容易ではありません。

——わかった。

琥珀の言うことは完全には理解できなかったが、とにかく、スーティに再びグラチウスの魔手が伸びていること、琥珀にスーティを守らせるには、新たな命令が必要であるらしいことは理解できた。フェラーラで会った女神の影といい、どうやら神々の産物というのは、そろってかなり面倒な代物であるらしい。

——とにかく、スーティを守護することを最優先にしてくれ。おまえにもいろいろ都合はあるのだろうが、スーティをグラチウスに奪われてはフロリー殿に面目がたたん。スーティの安全と、保護を第一にな。

——了解しました。新たなコマンドを受理。星の子の保護を第一目的とし、すべてのパワーをガーディアン機能に集中します。

——頼む。そうだ、ウーラをそちらに送る。こちらでは目立ちすぎて、こいつを外へ出すことができん。こいつなら、必ずスーティを守ってくれよう。

袖の中でふさふさした毛が動き、袖口から小さくなったウーラが、濡れた鼻先をぬっとつきだした。

「スーティが危ないのだ、ウーラ」

声をひそめてスカールはささやいた。

「おまえ、すぐに行ってあの子を守ってやってくれ。こちらはなんとか俺がやる。おまえは、あの子のそばについていてやってくれ」

ウーラは炭火のかけらのように燃える金色の眼でスカールを見上げると、やがて、極小の口を開いて低く吠え、その場でぱっと躍り上がって、姿を消した。

――感謝します。それと、鷹よ……

かすかに脳裏をひっかかれるような感触があり、琥珀の声がわずかに弱くなり、ざらついて聞こえはじめる。

――こちらで巨大な闇のパワーの移動を観測しました……おそらくは竜王……なんらかの――行動が……

――なんだ、よく聞こえん。何があったのだ。

――また接続が――弱く……

いよいよ琥珀の声は遠くか細くなっていき、きれぎれに、

――影がこの次元を離れ、――へと……データが足りません……推測……、収集を……

……合流、保全……不足……再探査――

しばらく砂をこするような不快な感触があったあと、ふっと何も感じなくなった。ス

カールはあせって、

――おい、琥珀？　琥珀！

何度か頭の中で強く繰り返してみたが、返事はない。接続を確立するのが困難と言っていたが、またもや、このヤガにかかる闇の影が、琥珀との連絡を絶ちきったということなのだろうか。

いくら呼びかけても答えがないので、スカールはあきらめて再び背中をのばして壁によりかかった。スーティのところへ今すぐに飛んでいきたくとも、この状態ではうかつに身じろぎすることすら危険である。ここは邪教のただなかであり、怪しい挙動を見せればたちまち取り押さえられよう。スカールの身元は相手に知れている。また、胴切りにされても動くような化け物の前に引きずり出されては面倒だ。

――ゴーラの王子が……。

カメロンの死をまだ知らないスカールだったが、ゴーラ王宮でそのような波乱が起こりつつあることは一種おどろきだった。イシュトヴァーンがパロにいることも、そのパロの苦難もまだ耳には入っていないが、中原にまたもや、新たな波乱の前兆がもたらされたことは明白である。

スーティはイシュトヴァーンの息子であり、その血からしてゴーラの王座を継ぐ資格を持ってはいるが、本人にも、また母であるフロリーにも、そのつもりはない。とはいえ、スーティの存在は、野心をもつ者にとっては有益な道具であり、以前、スーティを手に入れてイシュトヴァーンに意趣返しをはかった相手もいたという話は、ブランから聞いている。

妾腹であるスーティでさえそうなのだから、現在正統の王太子であるドリアン王子が誘拐されたとなれば、またもや大きな争乱の種になるだろう。ただでさえゴーラは、前モンゴール大公アムネリスの死のいきさつもあり、不安定な国情と聞いている。ヤガにたちこめる暗雲もさることながら、ふたたびもたらされた争闘の影と、大人たちの争いに翻弄される罪もない幼子に、スカールは胸のふさがれる思いをした。

琥珀が言いかけていたことはなんだったのだろうと気にかかった。巨大な闇のパワーが、と言っていた。なにか現在のヤガにかかわりのあることなのか、それとも、まったく別の領域の話なのだろうか。しかし、『闇』のひとことから連想するものといえばグラチウスか、さもなくば、竜王ヤンダル・ゾッグしかいない。

ヤンダル・ゾッグがなんらかのことをした、ということだろうか？　それがいかなることを意味するのかいまのスカールにははかりしれないが、ふたたび琥珀と話せるときがきたら、問いただせることもあるだろう。いまは知りようもないこととして、ひとまず頭の隅においておくだけだ。

スーティのことが心配だった。弟王子を助けに行くのだと言いきったという幼児の勇気には、正直にいえば感嘆をおぼえる。血族と名誉を重くみる草原の民のスカールにとって、自らの危険を顧みず、血を分けた弟に手をさしのべるスーティの行為はまさに賞賛に値する。スーティがもっと大きく――せめて草原では成年にあたる、十代の後半にでもなっていればすなおに冒険に送り出してやれるのだが、しかし、やはり三歳というまの年齢では、危険すぎるというしかない。

琥珀はスーティの保護を最優先にするといったし、ウーラも護衛として送った。接触してきたというグラチウスの存在が気がかりだが、琥珀とウーラがそばについていれば、よもやスーティを危険な相手の手に渡したりはしないだろう。グラチウスを撃退したあとは、琥珀とウーラで、ふたたびスーティの身の守りを固めてくれる。スカールとしては、そう信じておくしかない。

先ほどから、祈りをあげる声はやんでいる。かなりの間、誰かが入れ替わり立ち替わりミロクの名を呼んで祈っていたのだが、さすがにそれも、種切れになってきたらしい。

藁の上にうずくまり、あるいは横たわり、ぼそぼそと低い声で話し合っているものもいるが、収監された人々の上にはどんよりと重い空気が漂っている。はじめのうちは、わけもわからず引っ張ってこられた混乱と、これは何かの間違いにちがいないというとまどいが皆をざわつかせていたが、監禁が長引くにつけて、これはどうやら容易ならぬ事態に陥ったらしいという自覚が、人々を重たい沈黙に追いこみ始めているようだった。

半刻ほど前に五、六人の信徒たちが呼ばれて、兵に囲まれて連れて行かれたのだが、その者たちもまだ戻ってこない。空腹とのどの渇きはスカールのみではない。祈っていたものたちも渇きに耐えきれなくなったのか、むっつりと座り込み、空きっ腹をかかえて横になって、とにかく、時間の過ぎるのを黙々と待つばかりになっている。

通路のほうで明かりが揺れた。

スカールはそれとなく四肢に力をこめた。金属のぶつかる音が聞こえ、鎖の輪のきしむ音と武器のぶつかる音がこだましてくる。光に影がさし、数名の兵士に先導されて、先ほど出ていった信徒が数人、列を作って廊下を戻ってきた。

「お、無事だったか……」

顔見知りらしい信徒の一人が起きあがって声をかけたが、返事はない。扉があき、三人の男が兵士に背中を押されてふらふらと入ってきた。声をかけた男がそばに行って腕に手をかけ、心配そうに二言三言話しかけたが、やはり返事は戻らない。ぼうっとした顔で空中を見つめているばかりで、ほかの二人も同じように意志のうかがえない顔つきで定まらない視線を天井あたりにさまよわせている。

「なあ、どうした。何があった。いったい、何をされたんだ」

友人の男があせった顔で肩をゆさぶって叫ぶが、やはり反応がない。近くへ寄って手を貸したい気持ちをスカールは押さえつけ、頭巾の下から目を細めて観察するにとどめた。

　痛めつけられたのか、との考えも頭をよぎったが、ここから見ているかぎりでは、その様子はない。動いているのものろのろとはしているが、体に痛みを覚えているようではない。これはおそらく、行った先でなんらかの催眠か、そのたぐいの邪教の術が施されたのだろう、と結論したところで、兵士が、牢獄に頭だけつきいれて「おい」と横柄に呼んだ。

「おまえと、おまえと、それから、そこの壁際のおまえ。来い」

　指名された男たちが動揺しながらも、おとなしいミロク教徒らしく立ちあがる。アニルッダはまっすぐ正面に向けていた顔をゆったりと声の方に向け、静かな声で、

「ミロクへの祈禱を一区切りさせてからでもよろしいでしょうか?」

「ぐずぐずいわずに、来い。大導師さまがお呼びなのだぞ」

　アニルッダは少し首をかしげただけで、また正面をむいた。動こうとしない盲目の青年に業を煮やしたのか、兵士がひとり、ずかずかと牢獄に入ってきて、アニルッダの腕をつかんで立ちあがらせようとした。

「待ってくれ。俺の連れだ、乱暴はしないでくれ」

　スカールはさっと立ち上がり、近づいて鉄のような手で兵士の手首をつかんだ。怪しまれるほどの力はこめなかったつもりだが、兵士の目が一瞬、ぎょっとしたように動い

たところをみると思ったより強くつかんでしまったようだ。ひとりで歩かせるのは心配だ。俺もいっしょに行
「この通り、目の不自由な男なのだ。ひとりで歩かせるのは心配だ。俺もいっしょに行っていいか」

兵士はちょっと迷うような顔になったが、スカールが手を離し、ミロク教徒らしく手のひらを重ねて従順なようすをしてみせると安心したのか、外にいる仲間と目顔で話し合ってから、ぐいとあごをしゃくって外をしめした。

「いいだろう。来い。遅れさせるなよ」

スカールは深々と頭を下げて合掌してみせ、アニルッダのわきにかがんで、耳もとですばやくささやいた。

「行こう。ここでは抵抗しない方がよい。祈りなら道中でもできるだろう」

アニルッダは眉間にわずかにしわを寄せたが、うなずいて、すらりと立ちあがった。スカールの手助けなどほとんど必要としない、しっかりとした歩き方で出口へと向かう。その腕をとって導くふりをしながら、スカールも続いて牢獄を出た。

手かせ足かせを嵌《は》められるようではないが、前に二人、うしろに三人の兵士がいて、ほかの部屋から連れてこられたらしい男信徒たちが、不安げに肩を寄せあって固まっている。通路の幅は狭く、ここでもし暴れたとしても、手足がつかえて十分な動きはできなさそうだ。武器もないいまの状況では、このまま抵抗せずに敵の手中にもぐりこむし

かないだろう。

　槍を持った兵士が先頭に立ち、松明をかかげたほかの兵士が信徒たちをつついてあとに続く。アニルッダに肩を並べたスカールは、青年がまだ前で両手を合わせ、ミロクの経文らしきものを呟いているのを知って仰天した。どうやら本当に祈りの続きを歩きながらしているようだ。豪胆なのかなんなのかわからない男だな、とスカールは考えた。

　いくつか角を曲がり、同じような兵士の集団と何度かすれ違いながら、やがて、いくらか広い場所に出た。あまり飾りのない部屋に、金襴《きんらん》の布が垂らされ、水晶の垂飾《たれかざり》がつるされて、臨時の礼拝所のようなものができている。両側に燭台がともされ、正面の壇に、背もたれの大きな椅子が置かれて、そこに黒っぽい髪をし、やせた癇性《かんしょう》な顔立ちの長身の男が、いらいらした様子で指先で肘掛けを叩きながらよりかかっていた。

　ふと、スカールはまばたいた。姿は確かに人間だったが、燭台の灯かげに、男の顔が一瞬、無毛の、カミソリで切ったような唇のない口をした、鱗におおわれた蛇に似たなにものかに見えたのである。

「大導師カン・レイゼンモンロン様である。一同、礼拝せよ」

　脇に侍していた小坊主が尊大な調子で告げ、兵士たちはいっせいに従った。信徒たちはあわてて膝をついたものもいるが、まごついた顔で立ったままでいるものも多い。立ったままでいるものの膝を蹴って、兵士たちがひれ伏させようとする。

アニルッダも立ったままでいる一人だった。肩をこづかれて膝をつくよううながされたが、彼は毅然として、

「ミロクはほかの人間を拝んだり、偶像を礼拝したりといったことをいましめられています。どのようなお方が知りませんが、ミロクのみ教えに反するようなことを、私はいたしかねます」

「あ、こら——その、申し訳ない」

抵抗するのか、と兵士たちが槍を取りなおしたのを見て、スカールはあわてて割って入った。

「これは少し頭の固いところがあって、俺も困っているのだ。——おい、座れというのに、ほら——この通り、俺がなんとかするので、乱暴するのはやめてくれ。目の見えない、ごくおとなしい男なのだ」

アニルッダの肩を引いてとにかく膝だけはつかせ、長衣の袖で頭を覆う。しばらくじろじろ見られはしたが、結局、少しばかり頭のおかしい連れを背負って苦労している、ということにされたのか、とにかくそれで許されることになったようだ。

「今は抵抗してはならん。おとなしくしてくれ」

袖のかげで、声を殺してスカールはささやいた。

「さっき話したように、いまこのヤガはこ奴ら邪教の徒によって占領されているのだ。

逆らうと目をつけられて、意志を奪われるか、もっとひどいことになる。今だけはなんとかこらえて、奴らのいうとおりにするのだ」

「あなたさまのおっしゃったことは本当だったと、しみじみ思っているところです」

アニルッダは閉じたままの目をスカールにむけて、にがい微笑をうかべた。

「まことのミロク教徒ならば人を礼拝するよう強制したり、大導師などという大仰な称号を名乗ったり——そもそも武器をとって、おなじ兄弟であるミロクの信徒をおどしたりはしないはずです。お話を聞いたときにはまだ半信半疑だったのですが、どうやら本当に、ヤガはミロクを名乗る異教のものに乗っ取られてしまっているようですね」

「そなたのその、見えぬものを見通す眼を信じて言うのだが」

スカールは頭を低くして、自分も袖のかげにかくれてごく低く言った。

「そなたには、あそこに座っているものはなんに見える。俺はさっき、ふとあの正面の椅子に座っている男の姿が、何かこう、鱗のある蛇のような、妙な生き物に見えたのだが」

「あなたさまにもですか」

わずかにアニルッダの声におどろきがにじんだ。

「私もさっきからずっと、正面にいるのは大きな蛇のようななにかであるとしか感じられず、困惑していたところなのです。手足は人間のようですが、鱗があり、唇のない口と牙を持っていて、髪も眉毛もない、とがった卵のような頭をしている」

「やはり、そうか」

スカールは唇をかんだ。

「間違いない、あれは竜王の手下だ。竜王ヤンダル・ゾッグ——かの魔王は人外の生き物を配下として操り、人心をまどわして中原に魔手をのばしている。おそらくあのカン・レイゼンモンロンなる男は、人間ではない。竜王の部下のひとりで、このヤガを邪教のもとにひざまづかせようとしているやつだ。おっと、待て待て」

アニルッダが愕然とした顔で身を起こそうとしたのをあわててとめる。

「待てというのに。——いまそなたが声をあげたところで、逆に捕らえられて殺されるか、意志を奪われるかするだけだ。時機を待つのだ。俺がついている。ティンシャがどこにいるかわからぬ今、あの子をひとりにしたまま無謀を冒すことはするな」

「ああ、ティンシャ」

あらがう様子を見せたアニルッダも、口のきけぬ連れの少女の名を出されるとおとなしくなった。沈痛な表情に気がかりの色をにじませて、

「あの子はぶじでしょうか。ひどいことをされてはいないでしょうか」

「さあ、ザザがついているだろうから、乱暴なことにはならないように気をつけてはいるだろうが」

スカールにしてもそう答えるしかない。

「男女に分けられたのはおそらくミロク教徒としての体裁を整えるためで他意はないと思うが、あの二人も、なんとか合流する算段をしなければな。おっと、黙った方がいいようだ——奴らがこわい顔でこちらを見ている」

いつまでも額を寄せあってひそひそ話しているのが目障りになったのだろう。兵士のひとりがとがめるような目つきでこちらを睨んでいる。スカールは少し声を大きくして、アニルッダにおとなしくするようもう一度いい、両手を組み合わせて殊勝《しゅしょう》らしい態度に戻った。

信徒たちは一列に並ばされ、先頭のひとりが兵士に両脇をはさまれて、前へと連れ出された。おびえた顔でおどおどしている頭の禿げた初老の信徒が、腕をかかえられて壇の前へ連れていかれる。

「あの、いったい、何事でございましょうか。わしら何も悪いことはいたしておりません」

「心配するな。大導師さまおん自ら、改めてみなに祝福をくださろうというのだ」

脇に立っていた僧姿の男がしかりつけるようにいった。ミロクのしるしを胸に下げ、それらしい長衣を身につけているが、どことなく目が鋭くて態度に隙がない。スカールはそいつの衣の下に、剣の鞘が揺れるのをちらりと目にした。

大導師の前に引き据えられた信徒は改めてひざまづかされ、頭を低く下げさせられる。信徒のはげ上がった額に汗の粒が光るのが見えた。スカールが見ている前で、大導師カン・レイゼンモンロンは退屈そうな、どこかけだるげな動きで椅子から立ちあがると、前に進み、床にかがんで頭を下げた信徒の上に手をのばした。

妙にすばやい、蛇が鎌首をもたげてシュッと飛びかかるのを思わせる独特の仕草だった。大導師が指をふれると、信徒はびくっと身を引きつらせ、よろよろと横へ倒れかかった。ひかえていた兵士がさっと支えて、脇へひっぱっていく。

足がうまく動かないようで、引きずられるようにして下がっていく信徒の眼はぼんやりとかすみがかかり、口が半開きになってよだれが筋を引いていた。ふらつく体を支えられてその男が脇に控えさせられると、次の男が、同じように大導師の前に牽《ひ》いていかれた。

スカールの脇の下に冷たい汗がにじんできた。どうやら彼らは、例の大がかりなまどわしにひっかからなかった人間をまとめて、さらに深い催眠にかけるためにここに集めたようだ。

ザザはあの幻惑を人間自身の精神を拡大した術だといっていた。その分、ある程度、人間個々の精神や性格にも左右されるようだ。スカールやアニルッダほどではなくとも、意志が強かったり独立心が強かったりして幻惑の術のかかりの薄かった人間を、直接精神を操ることで黙らせるつもりらしい。

（これは難儀だぞ）

もしあの蛇人間――いまはひとまず人間に見えているが、アニルッダの眼に蛇のように見えるのであれば、あれは人ではないのだ――の前に連れていかれ、どうやっているのかはわからないが精神に介入されれば、いかにスカールでも平気ではいられないかもしれない。

あるいはもっと悪いことに、精神を探られた結果、スカールの正体がばれて何者であるかを悟られる危険もある。一度は邪教の手から逃れてヤガを逃亡した身である。現在ヨナやフロリーがどうなっているのか、ブランがどうしているのかはわからないが、彼らの仲間であると知れたら、スカール自身はもちろん、彼らにまで危険が及ぶかもしれない。

アニルッダのこともある。あれだけ強力な熱狂と幻惑にもまったく惑わされなかったこの山岳民族の若者に、スカールは大きな可能性を見いだしていた。ザザはヤガを解放するためには人間自身の意識が変わらなくてはならないという。この、見えている世界には惑わされない心眼を持つ青年であれば、〈新しきミロク〉の幻を砕き、人々をもとの穏やかなミロク教に回帰させる糸口をつかめるのではという希望が、スカールにはあった。

もし、アニルッダに精神汚染がかけられ、彼のくもらぬ眼がくもらされるようなことがあれば、あるいは、彼があくまで大導師の手を拒否し、うかつにその正体を口にして殺されたりするようなことがあれば——アニルッダの妙に豪胆なというか、頑固なところを考えれば大いにありそうなことだ——、ヤガの人々を導くあらたな手立ては、宙に消えてしまう。

しかし、いま動こうとしてもなんにもならない。スカールは丸腰であり、周囲は敵ばかりで、ザザもおらず、助けを呼ぶすべもない。自分ひとりであれば一か八かで兵士の武器を奪って壇上の蛇に突きかかることも考えられるが、アニルッダや、ティンシャのことを考えると、うかつに動くわけには行かない。

——どうする……！

脇をつたう冷たい汗を感じながら、スカールはじっと歯を食いしばった。

またひとり、新しい信徒が大導師の手の下でごろりと倒れた。

4

むずむずとした感覚が足の裏をくすぐり、ブランは思わず顔をしかめた。

靴を脱いで中を確かめたい衝動をおさえる。もう四度目になるが、いったいなにが原因なのかまったくわからない。感じとしては生きたみみずか、芋虫が身をくねらせながら踵《かかと》からつま先まで、足の裏を這いずり回っていくような気持ちの悪さが、数呼吸のあいだ続いて、そしてやむ。靴を脱いでもなにもいないことはわかっているし、何かいたとしても歩いているあいだに踏みつぶされてしまっていなければおかしいのだが、忘れたころに、むずりとまたこそばゆい感じが這いのぼってきて、ブランをいらだたせる。

――この糞な場所に通う力のいたずらか何かか……。

邪教と竜王の異界の魔道がみなぎるヤガだ。なんらかのブランには関知できない力が働いていて、それが魔道の素養のないブランには足の裏のかゆみとして感じられるのかもしれない、と思うことにする。いまはとにかく、騒ぎたてて目立つわけにはいかない身である。むずむずのおさまった足を石にこすりつけ、背中に背負った大きな籠をずりあげて、すぐそばを通った、飾りたてたミロク僧の一団から顔をかくす。

イェライシャの魔道が見せたスカールの姿を探して、ふたたびミロク大神殿の人ごみの中にまぎれこんだブランだった。ヨナやフロリーに聖者たちが身を隠している異空間から出て、また兵士に変装しようとしたのだが、イェライシャに止められた。

「そなたはどうも戦いたがるのがいかん。スカール殿を見つけるまでは騒ぎを起こさぬよう、使用人に変装するのがよい」

『猪武者はせめて鼻面に枕でも結びつけておけということよ』

イグ＝ソッグが偉そうに尻馬にのったので、むかっとして身につけかけていた衣服の腰帯を投げつけた。イグ＝ソッグはまたたきながら敏捷《びんしょう》に避け、イェライシャは残念そうに首を振って、これ、それだから、と言った。

「そんなことだから使用人になって、頭を下げておけというておる。われはヨナ殿とフロリー殿を敵の目から隠すためにも、これ以上、魔道を使うわけにはいかん。そなたが危険に陥っても助けてはやれぬ。スカール殿と首尾よう合流できるまでは、重ねていうが、無謀なまねはするでないぞ、よいかな」

「ふむ、猪殿はお仲間がいるか」

とヤモイ・シンがのんびりいえば、ソラ・ウィンが不機嫌そうに、

「仲間がどうか知らぬが、はようヤロールをわれらのもとへ連れてきてもらいたい」

と勝手なことをいう。ブランは大声で怒鳴り返したい気分を必死で抑えた。いくら腹を立てても、立てがいのない相手というのはわかりきっている。

どこかの倉庫から持ち出してきたのか、イェライシャがそろえたのは粗末な目の粗い胴着と足通しに、背中に背負う大きな籠だった。中には干した蕪《かぶ》がいっぱい詰まっている。持ち上げるとかなりの重量があり、自然と身体が前かがみになった。

『心配するな。われがちゃんと頭の上からついていってやる』

ぶんぶん唸りながらイグ＝ソッグが偉そうにいう。

『猪武者に手綱《たづな》もなく送り出すのは心配だと老師がおっしゃるのでな。ありがたく思うのだぞ、猪』

なにか辛辣な言葉を返してやろうと口をあけたその時には、イェライシャの手によって結界の外へ蕪ごと押し出されており、心配げに身を寄せあったヨナとフロリーの、「どうぞご無事で、ブラン様」「どうか、お気をおつけくださいませ」との言葉が、耳もとに漂っているばかりだった。

そのイグ＝ソッグの気配は、いまのところ感じられない。姿を消しているのか、天井あたりで梁《はり》にまぎれながら移動しているのかはわからないが、本人がそう言っていたかにはちゃんとくっついてきているのだろう。猪という呼ばれ方がイェライシャにまで認められているらしいのが業腹でならないが、猪けっこう、だが俺はヴァラキアの男だ。

むしろ鮫か鯱《しゃち》かと言ってもらいたいものだと、腹の中でむかついている。

これでも多少は考えているし、まわりくどい魔道師や聖者の話には心の底からうんざりしている。鮫や鯱はあれでなかなか頭がよく、狡猾《こうかつ》だ。俺だってあれくらいの知恵はまわしているのだぞ、と、大声で言ってやりたいところだった。抹香臭《まっこう》いやつらのしたり顔にはほとほとうんざりだ。猪でも鮫でも好きなようにいうがいい、剣を振り回してでないと解決できないこともあるのだぞ、と腹の中で歯を噛み鳴らしながら、背中を曲げてよろよろと人を縫って歩いていく。

ブランは地上の騒ぎを直接には見ておらず、イェライシャの話と魔道師たちの反応から間接的に知るだけだが、ミロク大祭の無様な結末はどうやらよほどの衝撃を神殿の者たちに与えたらしい。行き来する多くの人間が何かに追われているようにこそこそとした目つきで左右を見やり、なんとなく他人を窺うような顔つきで顔を背《そむ》けあって歩いている。立ち止まって会話している者もいないわけではないが、それもまた人目をはばかるような調子で早口に声をひそめてのもので、今にも誰かに雷を落とされるのではないか、天井が崩れてきて天の怒りにさらされるのではないかというおびえの色が、誰の顔にも色濃く影を落としている。

(まあ、こちらを気にしないのはありがたいが……)

紙のこすれるようなささやき声とせわしない足音がさざ波のように通路にこだまして

いるが、ほとんど足を止めるものもない中で、土臭い蕪の荷を背負ってよろよろと歩いていく下働きの男に目をとめる者はなおさらいない。背中を曲げているのでブランの長身やたくましい体つきも隠れて、ごくおとなしい下男のひとりに見えるのはやはりイェライシャの采配である。

「神殿部隊が帰還したら報告を……」

「宿僧たちが騒いでいる……」

「舞台の片づけ……衣装が……五大師様がたが……」

「……大導師様……」

歩きながら断片的に聞こえてくる会話の切れ端に、ブランははっと耳を澄ませた。地上から下ってきたばかりらしい、疲れた顔の兵士が、神殿詰めらしい鎧姿のミロクの騎士にむかってなにやらささやいている。

「ご苦労。捕縛した異端者は例の場所に収監せよ。大導師様がみずから新たな祝福をお授けになる、それまで待機させておけ」

頭を地面につかんばかりにしてそばに近づいたブランの耳に、そんな声がはっきりと届いた。

（よし、これだ！）

躍り上がる心臓を抑えて、ブランはあくまで鈍重な下男らしくのろのろとその兵士の後について歩きだした。怪しまれないよう、多少の距離はおいているが、目は離さないようにする。

兵士は疲れた表情で肩を揉みながら通路をあがっていき、神殿の横手の出入り口から首を突き出して、腕を振った。ブランが曲がり角に隠れて見ていると、さらに五、六名の兵士が、一団の信徒たちを連れて入ってきた。おびえた顔で身を寄せあっている信徒たちは、みな女ばかりだった。

（スカール殿ではないのか）

ブランは少なからず落胆したが、それでも、手がかりの一端にはちがいない。彼女たちもまた、邪教に虐《しいた》げられる人々である。こっそりと足をしのばせて行列の後を追う。途中で、背中にまだ土まみれの蕪の荷を背負っていることに気がつき、物陰にごろりと放り出した。

頭は低くしたまま様子をうかがう。兵士は女たちひとりひとりの姓名を確かめ、記録に取っている。身内や夫から引き離され、泣き声や哀願の声がきれぎれに聞こえる中、ふと、ブランの目を吸い寄せた女がいた。

背が高い。周囲の女たちから頭ひとつ、すっくりと抜け出るくらいにすらりとした長身で、頭巾をはねのけた顔は浅黒く、奇妙な野生を帯びている。

黒髪で、美しい顔立ちだが、きらきら光る黒い瞳は鋭く、賢い鴉の眼を思わせる。長い首を伸ばして、用心深げにあたりをうかがっているさまも、どこか鳥に似ている。

黒いミロクの長衣を翼のように垂らして、その下に幼い少女をかばっている。長衣の裾に隠れてよく見えないが、スーティよりはもう少し大きい——六つか七つくらいだろうか。

少女は女の膝にすがって、青ざめてはいるが泣いてはいない。ここから見るかぎりでは女の両手に守られて、不安そうではあるがおびえてはいないようだ。

「ちょいと、こんな子供に、そんな言い方があるもんかい」

少女に近づいて肩に手をかけようとした兵士に、女が威勢よく嚙みついている。

「この子はね、ちょっと事情があって、声が出せないだけなんだよ。なんだい、いい大人が、こんな子供を脅しつけて、偉いとでも思ってんのかい。女へ口をきくのがどういうことかわかんないんなら、黙っときな、この唐変木《とうへんぼく》」

女の啖呵《たんか》をきいているうちに、ブランは思わず微笑していた。ミロク教徒らしからぬ、と言っていい威勢のよさだが、羊のような従順さよりは、よほどブランの好みに合う。なんとなく生まれ故郷のヴァラキアの、にぎやかな港の女たちを思いだす。太い腕をして魚を運ぶ女たちも、胸もあらわに酒場で酒を運ぶ女たちも、みな同じく男なみに口をきいて、やわな相手をやっつけていたものだ。

「なんだと、この——」

やっつけられた兵士がかっとしたように槍を構えたが、「よせ、相手は女だぞ」と同僚にたしなめられ、ふくれっ面ながら身を退いた。仲裁に入った兵士が代わって対応し、女と子供の名前をきく。

「あたしは、ザザ。この子はティンシャ」という声がブランの耳に届いた。

「あんたはちったあものがわかってるようだね、兵隊さん。その良識を働かして、あたしたちの連れがどこへ連れてかれたか教えてもらえないもんかねえ。あたしはともかく、この子がかわいそうだろう。この子はたったひとりしか身よりがいなくて、それもあんたたちの仲間に、どっかへ連れていかれちゃったんだよ」

「無駄口を叩くな。大人しくしていろ」

ザザという女の立て板に水の弁舌に、兵士もさすがにたじたじの様子である。

「無駄口ったってあんた、いきなり身内から引き離されてさ、あたしたちか弱い女がほかにどうしろってんだい。あたしだって仲間がどっかへ連れていかれちまって、しんそこ迷惑してるんだよ。こんな右も左もわかんないとこへ連れてこられてさ、いくらありがたいとこか知らないけど、なんぼなんでも乱暴がすぎるってもんじゃないかね」

「大導師様がおん自らおまえたちに祝福を与えてくださろうというのだ。ありがたいと思って、口を閉じていろ」

「へえ、そうかい、けどそれならそれで、呼び寄せ方ってものがあるんじゃないかね。

こんな風に罪人扱いされて引き立てられてちゃ、ありがたいもんもありがたく思えやしない。なんだか表じゃものすごい大騒ぎだったけど、いったいなにがあったってんだい？　あたしたちをつかまえた兵隊さんたちは、えらく殺気立ってたみたいだけどさ」

どこまでも言いつのるザザを扱いかねたのか、兵士は彼女を放りだして別の列の方へ行ってしまった。ザザは肩をすくめ、その後ろ姿に向かって舌を突き出して、心配げに見上げるティンシャを励ますように両手で肩を包んだ。ティンシャはわずかな笑みを浮かべると、またザザの腰にしっかり腕を巻き付けて、甘えるようにしがみついた。

一通り調べが終わると、信徒たちはふたたび整列させられた。どこへ連れていかれるにせよ、連行されてきたものが集められているところへ行くらしい。これについて行けば、スカールがいるところへの手がかりもつかめるにちがいない。どうやら男女が分けられているようだが、男もそれほど離れた場所に閉じこめられているわけではないだろう。

ブランはさらに身を低くし、胴着の襟を引き上げて顎を埋めた。やはり兵士に変装した方がいいのではないかという考えが頭をかすめたが、いままわりにいるのは軽装で、兜も簡素な顔がむき出しになるたぐいのものしか身につけていない下級兵士である。装備を奪ったところでうまくなりすませられるとは思えない。

やはり下男の姿のままで気づかれぬようあとをつけるにしくはない。かさばる籠は捨てきたが、中身を多少抱えてくればよかったと思った。しかし取りに戻るほどでもない。あたりをさっと探り、通路に積まれていたなにかの包みをとって、いかにも頼まれ物を運んでいるような顔で胸の前に捧げ持つ。

列が動き出した。適当な距離を保って後についていこうと足を踏みだしたとたん、また、あのむずむずした感じが足に走った。ブランは眉をしかめて指をひくつかせた。ぞわぞわとした感触はしばらく足の裏を這い回り、消えた。

どこかでかすかな地鳴りのような音がし、兵士がふと上を仰いで、うっとうしそうに手で払った。天井の埃がぱらぱらと落ちてきて、革鎧の肩や背中がうっすらと白くなった。


そこからはるか、地下深く、放棄された監禁部屋で――。

ノスフェラスの大魔道師は停滞した時間の中に凍りついていた。すさまじい怒りの表情も、吠えようと大きく開けかけた口も、かかげかけた枝めいた両腕もそのままに、異界の装置の放つ微光の中に停止している。

それはまさに苔に覆われたノスフェラスの大岩の姿だった。ノスフェラスの怒りそのものを彫像にしたかのごときその姿は、時間の中にとらわれ微動だにせず、永遠にそこに立ち尽くすかに見えた。

と、光がわずかにちらついた。

奇妙に組み合わさった透明な管と、見るたびに形状が変わるかに思える異界の部品によって構成された装置が、その放つ光をかすかにゆらめかせたのである。

部屋に満ちていた低い羽虫の羽音のような音がかすかに高まった。透明な管を流れていく光の点の流れが速まり、また、遅くなった。光がちらつき、暗くなり、また、明るくなる。

装置は生き物のように身震いし、譫音《せんおん》を高めた。光点の流れがまたはやくなる。

森の強い香りが一瞬あたりに漂った。

ノスフェラスのババヤガはやはり動かない。怒りに満ちたその両手は高々とかかげられ、憤怒に開いた口は停止している。

全身を覆う蔦と苔と茸が微風にそよぐかのようにゆれ、茸が一つ、ぱちんとはじけて、胞子の雲を舞いあがらせた。

第二話　永訣の波濤

1

夜明け、頭上には蒼白い筋をひいて雲が流れた。

アッシャは炊事番の後ろからかすめてきた焼きたてのパンをかじりながら、手を袖のなかに入れて天幕の間をぶらついた。しだいに赤みを増してくる曙光《しゃっこう》のあいだで、黒っぽく見える人々がいそがしく立ち働いている。馬をひいて通る兵士たちをよけ、水桶をさげていく一団の下男たちに道をゆずって、荷車の軸に腰をかけて指をなめる。木の実入りのパンはきざんだ乳脂がとろけてやけどしそうに熱い。岩塩のかたまりを満載した荷車がずらりと並び、香料の箱を積んだ布をかぶせた車には、目つきの鋭い男たちがついてあたりを見回している。頭に布をかぶった女たちが寝袋をかかえてしゃべりながら歩いていく。遠くで馬が鼻を鳴らす音が聞こえる。犬が何頭か吠え、続いて驚いた馬の鳴き声がいくつか響いた。

近くに置かれた水桶から手ですくって水を飲み、また歩き出す。

ザカッロを出発して三日目。本来、ザカッロからヴァラキアまではふつうの隊商が歩いたなら二日ほどの距離だが、三日目の朝で、まだ道のりの三分の二しか来ていない。きょうの午後にはヴァラキアの町が見えてくるだろうという話で、緑の起伏と小さな村を通り抜けるだけの街道筋に飽きてきていたアッシャは、話に聞いているだけの海の町ヴァラキアが見えるのを楽しみにしていた。

出発にはひどく時間がかかった。まず、アルミナ王女の身柄について、アグラーヤから使者がよこされたとのことで、十日ほどのばされた。この使者をもてなして送り出すとのことで三日間のびた。それから、ヴァレリウスの体調をみるとのことで、また三日ほど延期された。

さらに、王女とパロ宰相を送り出すにふさわしい宴会と、町をあげての祝祭を催したいとの申し出がなされるに及んで、早く出立したくてじりじりしていたドライドン騎士一行は、同じくうんざりしていたヴァレリウスと協議の上、これ以上の配慮はいっさい無用に願いたいと強く言って、ようやく出発することができたのだった。

かといって、急いで旅をするということもこれまでできなかった。アルミナ王女とパロ宰相が同行するとあって、太守のジョナートは王女のために、わざわざ大きな屋形馬車を仕立てさせた。大きめの厩《うまや》ほどある小屋に巨大な車輪がくっついた大仰《おおぎょう》なくるまは、一行の進みをひどく遅くした。六頭の馬にごろごろと曳《ひ》かれていく屋形馬車はしょっちゅう道の途中で引っかかったり、溝にはまったり、坂道で動かなくなったりと苦労の連続で、そのたびに、同行の人々が総出でおりて、後押しせねばならない事態になるのだった。

いまだ身体が十分ではないヴァレリウスと、その弟子のアッシャは王女といっしょにこの屋形馬車に同乗するよう丁寧にさそわれたが、辞退した。精神の不安定な王女と同乗することは、ヴァレリウスのみならず事情をよく知らないアッシャにとっても気詰まりなことだったし、窓のほとんどない飾りたてた木箱のような乗り物に詰め込まれることを考えると、息がつまった。ヴァレリウスも、口には出さないがそう考えていたようで、別に簡素な箱型馬車を仕立ててもらうことで同意し、そこで一日の大半をうつらうつら眠って過ごしていた。

アッシャは一日の半分は師匠に同乗して面倒を見ていたが、ヴァレリウスが食事をとり、安全にあたたかく眠り始めると、馬車を降りてあちこち歩き回り、荷運び用の驢馬《ろば》の鼻面を撫でたり、馬車馬たちに干し草をやったりしながら、同行の人々の噂話に聞き耳をたてて過ごした。根が下町の宿屋の娘で、ただ座っているよりは働く人々のあいだに混じって、仕事を手伝ったりおしゃべりをしているほうがずっと気楽なのだった。

魔道師としての日課は変わらず続けていたし、毎日、与えられているルーンの書き取りと暗誦、呼吸法と体操、瞑想は必ずこなしていたが、ヴァレリウスが健康をとりもどすまではそれ以上の修行に進めない。羽根枕に頭を埋めてぐったりと目を閉じる師匠のやせた顔を見つめて、ヴァラキアにつけばもっとゆっくり休めて、元気になるだろうと思っているしかなかった。

ザカッロから出発したのは全部で三十名ほどだったが、同時に町を出た隊商や旅人が合流して、一行は百名近い大所帯にふくれあがっていた。アルミナ王女やパロの魔道師宰相、ゴーラで名を馳せたドライドン騎士たちがヴァラキアに帰還するとあって、物見高い沿海州の旅人や商人たちがこぞって隊列に加わりたがったのである。騎士が隊列にいれば旅も安全だという計算も、むろんあったに違いない。

ザカッロからヴァラキアへ通じる山あいや谷川のあたりは、運ばれる貨物や馬などをねらう夜盗がたびたび出現するという話だった。今のところアッシャはあやしい気配には出会っていなかったが、夜間にはきびしく見張りがたてられ、篝火《かがりび》がゆれて、剣と弓矢で武装した兵士が、夜っぴて野営地を巡回してまわっていた。

いま、篝火はほぼ燃えつきて、眠そうな顔をした兵士が焚き火のそばにすわり、仲間から熱い海藻茶を注いでもらっている。これは沿海州独特の飲み物で、赤っぽいざらざらした海藻を集めて干し、よく揉んで乾煎《からい》りしたものに湯を注いで作る。アッシャも分けてもらったことがあるが、きつい磯の臭いと塩辛さに耐えかねて吐き出してしまい、笑われた。「髪がきれいになる効能があるんだぜ、嬢ちゃん」といわれたが、あんな味を我慢するくらいなら、髪なんてきれいにならなくていい、と思ったものだ。

すっかり陽がのぼって、天幕からもぼちぼち人が起き出してきた。パンの最後の一口をおしこんでアッシャは指をなめ、荷車から飛び降りて、自分の寝場所にしているヴァレリウスのいる馬車にぶらぶらと戻りはじめた。まだ食欲のあまりないヴァレリウスは、放っておくと食事を茶だけですましてしまう。食べるまで見張っていないと安心できない。魔道師食とかいうものがあって、本来ならそれを食べるということだが、パロを出て以来材料を調達するすべがなく、ずっと食べられていないそうだ。

石を積んだかまどでにぎやかに食事の支度をしている女たちのところへ行き、ガティの薄焼きを皿にいっぱいもらって、そこへ豆の煮込みと昨夜の残りの冷たい肉を盛ってもらう。王女のいる屋形馬車とヴァレリウスの箱型馬車には専属の料理人がついていて、旅の途中でも気取った料理を出してくる。お上品な料理にせよ魔道師食とかいうものにせよ、あんな食事ではちゃんとした力なんて出ないとアッシャは思っていた。皿にちょびっと上品に盛られた卵なんかより、こうやって山盛りにしたガティと豆に肉こそが元気のもとなのだ。

重い皿のつりあいをとりながら戻ると、ヴァレリウスも起き出して、馬車の中で膝に暖めた石を抱え、丸くなっているところだった。扉を開けたアッシャに元気のない笑みを向ける。

「おはよ、お師匠。朝はもう食べた？」

「ああ。さっき茶と菓子が運ばれてきたのを食べた」

「またそんな！　ちゃんと出のあるものを食べなきゃだめだって、何回も言ってるじゃないか。ほらこれ」温石の上にてんこ盛りにした皿をどすんと置く。ヴァレリウスはなんともいえない表情で食物を眺めた。

「こんなに食べたら吐いてしまう」

「全部食べろとは言ってないよ。食べられるだけ食べたらあたしにちょうだい。自分の分も入れてきたから」

ヴァレリウスは弱々しい笑みをうかべ、皿に手を伸ばした。アッシャは追い打ちをかけて、

「いっとくけど、一口食べただけでもういいなんていわせないからね。少なくとも半分は食べて。それか三分の一。早くお師匠に元気になってもらわないと、あたし、いつまでたっても魔道師になれないじゃないか」

思いつめたような表情でガティをつまんでいたヴァレリウスは、はっとしたようにアッシャの顔を見た。灰色の髪の下の疲れ果てた顔が、徐々に苦笑めいた笑みにゆるんでいく。

「ああ、そうだな。そうだった」

ヴァレリウスは身を乗り出し、少女の赤い髪をくしゃくしゃと撫でた。

「おまえのためにも、早く元気にならんとな。修行の間をあけすぎるのはよくないことだからな」

「そうだよ。だからちゃんと食べなね。あたし、お茶もらってくる」

気恥ずかしくなって、アッシャはヴァレリウスの手を逃れ、荷物をさぐって素焼きのカップと、魔道師の茶の包みを取り出した。ザカッロの街で買いととのえた数少ないもののひとつである。パロを出て以来、長いこと飲んでいないというヴァレリウスのために、材料をそろえて調合したのだ。薬草茶としても優秀なこの茶が、ヴァレリウスの体調をととのえる効果を発揮してくれればいいのだが。

茶葉をカップにいれ、湯のもらえるところを探してきょろきょろしているうちに、どんと誰かが背中に突き当たった。

「おっと。気をつけろよ、ちびの魔女」

影がさして、頭のずっと上の方から声がした。両肩を大きな手で支えられて地面に立たされる。

「何か捜し物か？　食い物ならあっちで配ってたぜ」

「あ、おはよ、斧の騎士様。ううん、食べ物はもういいんだ。お湯がちょっとほしいだけ」カップをあげて振ってみせる。

「うん、じゃあこっちだ。顔を洗う湯がたくさん沸いてる」

ミアルディはうなずいて、アッシャの肩を抱くようにして一方向につれていった。太く編んだ彼の赤毛が広い肩の上でゆれる。

「ついでだから宰相殿にも桶いっぱい持ってってやれ。熱い湯で気分もさっぱりするだろう。なんなら俺が運んでやろうか」

「ありがと、でもいいの？　仲間のとこに戻らなくて」

「気分の悪い顔が一つ二つあるんでね」

ミアルディは顔をゆがめた。アッシャは首をかしげ、それから理由に思い当たった。ザカッロを出るときに紹介された、ドライドン騎士団の新顔騎士のことだ。

「あいつ、まだいるの？　みんなに出てけっていわれてなかったっけ」

「いわれてたし、今もいわれてる。だが出てく気はないようだな。みんなあいつにゃ苛々してるよ」ミアルディは言葉を裏付けるように、いらだたしげに髪をさかさまに撫であげた。

「まったく、アストルフォ殿もなんだってあんなのを入団させたんだか」

二人は目を見交わし、そろって顔をしかめあった。

ミアルディと連れだってアッシャは大天幕のほうにむかった。騎士団と、アルミナ王女の天幕が軒を連ねているところで、一行に加わっている商人や馬主の天幕もわきに並んでいる。

　中央の空き地でいくつも火がたかれ、そのうちのひとつに、大鍋いっぱいの湯がかけられてぐらぐら沸いていた。三々五々やってくる人々が桶や水差しに湯を入れてもらって持って行く。鎧のすねあてだけをつけたヴィットリオがいて、小盥《こだらい》をのぞき込みながら慎重にひげを剃っていた。木陰にアルマンドとディミアンがよりかかって立ち、低い声でなにか話している。火の番をしている少年が顔をあげて汗をふき、何か用かときいた。

「このちび魔女に湯をやってくれ。手桶はどっかに余ってないか？」

　少年は後ろの幌《ほろ》のかかった荷馬車にあいまいに手を振り、大鍋に柄杓《ひしゃく》をつっこんだ。荷馬車のほうへミアルディが行こうとすると、中からシヴがぬっと顔を出し、大きい手に布やかごを山ほどかかえて降りてきた。

「手桶をとってくれ、シヴ」

　シヴが隠れて見えなかったほうの手をあげると、小さな手つき桶がしっかり握られていた。布やかごを地面におくと、シヴは自分で大鍋のそばへ行き、つっこんだままになっていた大きな柄杓をとって、桶いっぱいに湯を満たし、アッシャのところへ来た。

「持って行ってくれるそうですよ」

　アルマンドがこちらを見て笑った。アッシャも笑い返し、カップを差し出して、そちらにも湯を満たしてもらった。

芳《かんば》しい香りのするカップを両手で支え、シヴの先に立って歩き出そうとすると、後ろから声がかかった。

「やあ、いい匂いだな。僕らにはそのお茶はないんですか?」

アッシャはふりかえり、きつい目で声の主をにらんだ。

「これはあたしのお師匠が飲むんだ。あんたなんかにやる分はないよ」

「そりゃどうも。でも、少しくらいわけてくれてもいいんじゃないですか?」

相手は天幕の入り口にもたれかかり、どこかから写生でもされているかのように格好をつけていた。緑色の胴着にしゃれた金色の縁取りの上着をひっかけて、長い足を交差させている。ひらつかせている手は白くて指が長く優美で、人を惑わせるようにすばやく動いた。

「まさか、毒にはならないんでしょう? 魔道師以外が飲むと腹を下すとか、そういう効能でもあったりして?」

「そんな効能があるなら真っ先に飲ませてやってるとも」

盥の湯をのぞき込んだままヴィットリオがうなり、同意するようにディミアンが鼻を鳴らした。ミアルディがとげのある口調で、

「ちび魔女にかまうんじゃない、新入り。その娘はおまえなんかにかまっちゃいられないんだ。行きな、魔女、忙しいんだろ」

アッシャはぐるりと向きを変えて急ぎ足にその場を離れた。後ろからシヴが黙ってついてくる。空気も動かさないほど静かになめらかに動くこの黒い肌の巨漢が、わずかに足音を強くしているのがアッシャの耳に届いた。

ザカッロを出発する日の朝になって、一人の新入団員が騎士団の一同に紹介された。それが、いつかの夜、酒場で無礼にも話しかけてきた礼儀知らずの生意気な若者だと知って、一同はちょっとした騒ぎになった。

正確にいえばマルコと、新入者を紹介したアストルフォをのぞく五人である。どことなく心ここにあらずな風のマルコはこの新来の団員を見てもさほど表情を変えなかったが、ほかの団員、ヴィットリオ、アルマンド、ミアルディにデイミアンの四人は盛大に異議をとなえた。無口なシヴはやはり無言だったが、険悪に細めた目とひきしめた唇は、彼の意見を雄弁に表していた。

ファビアン・デマルティーニ。長い手足と細い腰、目立つ中高の鷲鼻をした金髪の若者は、うす笑いを浮かべて黙ったままでいた。

紹介するアストルフォは言葉少なで、ほかの団員に、いったいなぜこんな男を、しかもこんな時こんなところで入団させるのかと談判されても、はかばかしい返事を返さなかった。ただ、ザカッロの街の歓待に対して、返礼として太守の甥を迎え入れることにしたのだとしか答えない。

さんざんもめた上、これ以上騒いだところでまた出発が遅れるだけだと説得されて、不承不承論議は打ち切られた。それ以上続いていれば、なにか取り返しのつかない言葉が発されたかもしれない。

アストルフォはその後も何もいわず、ひどく言葉少なになって、話しかけられたとき以外に何も語ろうとはしなくなった。団員たちの気持ちは実直で知られた老騎士よりもむしろ、むりやりねじ込まれてきた無礼な若者のほうに向けられた。ファビアンはいまだにあからさまに仲間に無視されていたし、馬を並べて歩もうとするものは誰もいなかったが、彼自身に気にしている様子はなかった。薄あばたのある桃色の顔にあるかなきかの笑みを浮かべて馬を進めているようすは、まるでこの世に問題など一つもないと考えているかのような不敵さだった。

「やなやつ」声が届かないほど十分に離れてから、アッシャは吐き捨てた。

「あいつ、ほんとにヴァラキアまでいっしょにくるつもりなの？　髭の騎士様ったら、なんだって黙ってあんなのを連れてきたのさ」

シヴはいつものとおり何もいわなかったが、アッシャに同意していることは十分に伝わってきた。ヴァレリウスのもとにお茶と湯の手桶を持ってもどり、シヴに手伝ってもらってヴァレリウスの身仕舞いと、ついでに自分の手や顔も洗うあいだ、アッシャはずっとあの若者のにやにや笑いを思い返しては、むかむかする気持ちを押さえ込んだ。

陽が高くなってきた。火を消して寝具をふるい、天幕を畳んで、ようやく人々が乗り物や馬に乗り込むと、一行はのろのろと動き始めた。アルミナ王女の乗る動きの鈍い屋形馬車を中心にして、その後ろに騎士団の騎馬の隊列、前に隊商の商人たちがやとった護衛の一隊、さらに後方には荷を満載した荷車、馬車、犬と牧人に追い立てられる家畜の群れが続く。

天気はよく、青みを帯びた曙光は真珠色の朝靄《あさもや》を吹き払って、水のように澄んだ青空をもたらした。一行はヴァラキアへ続くなだらかな山間の道をごとごとと進んだ。車のきしみや家畜の鳴き声、蹄の音、声高な話し声が鳥の声や木々の葉ずれに混じる。徒歩や子馬、駄馬にまたがったり手押し車を押したりしているものもいて、泥をはねかしながらのんきに歩いていく人々の列は、木々を縫ってかなりの長さにおよんだ。

昼食の短い休憩をはさんで、午後もなかばを過ぎたころ、先頭のほうから「街が見えたぞ！」との声がかかった。

馬車の後ろに腰かけて足をぶらつかせていたアッシャはその声を聞きつけ、すぐに飛びおりて、はずむようにして列の前へと駆けていった。

しばらく列は、ゆるい上り坂を苦労して登っているところだった。傾斜は白い岩があちこちに露出していて、風にはかいだことのない匂いがした。生家の宿屋を手伝って市場へ仕入れに行ったとき、魚屋の裏でかいだ匂いに似ている。でももっと強くてさわやかで、一息すうと体の中を青い色をした大気が渦を巻いて吹き抜けていく気がする。アッシャは大きく息を吸い、ひとつ飛び跳ねて、坂の頂上で止まっている護衛士たちをかきわけ、真正面に出た。

眼下に、白く光る街並みが、両手いっぱいの白水晶をばらまいたように広がっていた。アッシャたちはちょうどヴァラキアの街がひろがる盆地の山の上にいて、少し行ったあたりの足の下から、ぽつぽつと赤や青の屋根がはじまり、黄色や白で舗装された石の道路が街へと続いていた。道路は木々のあいだを見え隠れしながら続き、ここからだと玩具のように小さく見える建物の重なりへと消えている。

ヴァラキアの母であるレント海はここではおだやかな入り江になっていて、目にしみるほど濃い青の波に、ひるがえる鮮やかな船の帆の色がゆれている。傾きかけた陽をうけて数隻の船が港に入ってこようとするころで、輝く白い航跡が、青い石板に鉄筆で筋を書いたようにいく筋も長く、波の上に伸びていた。

入り江を囲んで弧を描く街は斜面を段々に覆っていて、色とりどりの屋根が岩にくっついたたくさんの貝殻のように見える。その間の壁は洗ったように白く陽光を反射し、街全体がぱっと明るく発光して見えた。

パロのクリスタルもまた白い街だが、その名のように水晶の神秘と光輝を表すあの都市は、人は多くともどことなくとりすました静けさを漂わせている。そんな古都とはまた違って、海の青と家々の白、そしてあざやかな色の屋根や船の帆、たなびく旗や船首の飾り、そして何よりも、遠くから眺めてさえ何となく伝わってくる人々の陽気なざわめきは、アッシャに強い印象を残した。パロの下町娘であった彼女はこれまで、よその国や都市などというものを、本当の意味では見たこともなかったのである。

「きれいでしょう、アッシャ」

後ろからやってきたアルマンドが声をかけた。彼は旅のあいだじゅうカメロンの遺骨をのせた馬を大切に曳いていて、この時も、櫃《ひつ》をのせた馬の轡《くつわ》を丁寧な手つきでとっていた。

「うん、とってもきれい。パロもきれいだったけど、ヴァラキアも、負けないくらいきれいなとこだね」

「ええ、本当にね。ご覧になれますか、カメロン卿」

櫃を見上げて、彼はまるで生きている人間がそこにいるかのように親しげに呼びかけた。

「われわれの故郷、ヴァラキアですよ。卿にはずいぶんお久しぶりでしょう。ヴァラキアもきっと、卿の帰還をよろこんでいますよ」

目を細めてそっと櫃に手をおく。アッシャはまじまじと見上げ、目を伏せると、馬の首をそっと撫でた。馬は静かに鼻を鳴らし、ぬれた黒い目をまばたいて、耳を振った。

2

ヴァラキアへの道は長くてゆるい下り坂だった。街に近づくにつれて、沿道に立つ人の数が増えてきた。隊商が近づいているという噂はすでに流れており、そこに、アグラーヤの王女と、英雄の遺骸が含まれているという情報は、人々のあいだで語りぐさとなっていたのである。

並んだ顔はどれもいささかとまどっているように思えた。アグラーヤの王女のために歓呼するべきか、それとも焼かれた骨となって帰還したかつてのヴァラキアの英雄のために哀哭《あいこく》の声をあげるべきか、決めかねていたのである。どちらにせよ、道行く人はふりかえって足を止め、行列についてきたし、ヴァラキアの市門に近づくほどに沿道の人垣はどんどんぶあつくなっていった。

時々は「アグラーヤばんざい！」「王女様、ようこそ！」との声も飛んだが、ひっそりと馬に轡を乗せ、沈黙のうちに馬をひくアルマンドと、彼を囲むドライドン騎士たちについては、歓呼の声はためらった。にぎやかな隊商の列の中で、彼らだけは確かに、葬送の厳粛な空気をまとっていた。そして群衆も、はやばやとそれに気づいたのだった。

櫃を乗せた馬が前を通過するときは帽子を脱ぎ、頭を垂れて、哀悼の礼を示す市民もいた。通り過ぎながら、騎士団員たちは黙礼を返した。沈黙と哀悼の空気を尾のようにあとにひいて、騎士団とカメロンの遺骨はヴァラキアに接近していった。

市門は大きく開かれていた。前もって走らされていた使者が、来賓の到着を告げていたのだった。伝説の水蛇が大きくうねる青銅の扉は左右に押し開かれ、盛装した廷臣が、二列になって門の前に待ちかまえていた。金と黒で波模様と跳ね上がるイルカをきざんだ馬車がとまっており、その前で、黒髪で長身の厳しい顔をした男が待ち受けていた。

屋形馬車が少し手前できしみながら止まり、従者が飛び降りてきて、扉を開けて昇降段をならべた。中から、侍女に手をとられたアルミナ王女が、頭を薄紗《はくさ》でおおったまま出てきた。彼女は少しよろめきがちな足取りで男の前まで進むと、ひざを曲げて優雅に一礼した。

「ようこそいらっしゃった、アグラーヤ王女アルミナ殿下」

荘重な声で男はいった。

「私はヴァラキア大公、ロータス・トレヴァーン。ヴァラキアへのご来駕を歓迎いたします。とはいえ、父王陛下よりの使者がすでに到着しておりますが。陛下ご自身も、船でこちらへ向かっておられるところとか。明日あさってには、こちらの港に入られることでしょう」

「父でしたら、そうでしょうね」

　アルミナ王女は小鳥のような小さな笑い声をたて、ロータス・トレヴァーン公に手を取られて馬車に乗りこんだ。

　公は美髯《びぜん》をたくわえた初老の壮健な男で、戦士らしく厚い胸と広い肩が、儀式ばった華美な衣装の上からでもはっきりわかる。髪は年齢のためか、白髪がまじって端から鉄色をおびはじめていたが、陽にやけた褐色の肌はつややかで、目尻には、遠くを見つめつづけていた船乗り特有の、深いしわがいく筋にも刻まれていた。

　ロータス・トレヴァーンは自分も続いて馬車に乗り込みながら、馬を下りて静かに立っているドライドン騎士団のほうにちらりと目をやり、近くにいた廷臣を呼び寄せて、一言二言ひくく命令した。馬車の扉がしまって走り出すと、命じられた廷臣が寄ってきて、先頭にいたアストルフォに話しかけた。

「ロータス・トレヴァーン公より、ドライドン騎士団の方々は、それぞれ荷物を下ろし、休息なさったのちに、みなさま大公館までいらしていただきたい、とのことです。その、カメロン卿の遺骨もともに。いろいろお話をなさりたいとのことで」

「承知いたしました」マルコが答えた。

「旅装を脱いで埃を洗い流したらすぐに参上いたします。カメロン卿も、ヴァラキアへの帰還を喜んでおられることと思います。お話ししたいこともございますので、公にはどうぞよろしくお伝えねがいたい」

王女が馬車で街へ消え、騎士団も馬をひいて門を入ってしまうと、隊商はほぐれてばらばらの人間の集団になり、ざわめきながらそれぞれに自分の用事をはじめたり、近くの人間としゃべったり、街へはいるための手続きをはじめたりと動きはじめた。

ヴァレリウスとアッシャの乗った馬車は王女の屋形馬車のすぐうしろについていた。門前で繰り広げられた儀礼には入れず、少々手持ちぶさたに脇に止まっていたが、しばらくして、街のほうから駆け足で小姓の身なりをした少年がやってきた。

「パロ宰相、ヴァレリウス閣下の馬車はこちらですか？」

息をきらせながら少年はいった。

「ロータス・トレヴァーン公より、ご挨拶できず申し訳ないとのご伝言です。ひとまず宿をとらせたので、ご案内いたします。卿はご病気とのことで、ご気分がよくないようでしたら医師を呼ばせるのことでございますが、どうなさいますか」

「いや、医者はいい。ありがとう」

ヴァレリウスはあけた扉から頭だけのぞかせて返事をした。

「それより、そうだな、宿に入って一休みしたい。トレヴァーン公に謁見するのはそれからでよろしいか。公はしばらくアルミナ王女やカメロン卿、アグラーヤ王の対応でお忙しいだろうし」

「ではこちらへ。私が先導いたします」

小姓が先導して、馬車はゆっくりと動きはじめた。ヴァレリウスの向かいに座っていたアッシャは、大きな市門が頭の上を通り過ぎていくのを見上げながら、門扉《もんぴ》に浮き彫りにされた水蛇のむきだした牙と、精緻《せいち》に刻まれた鱗と波の文様に目をまるくしていた。

市門を入って大路をゆくと、港のほうから吹きつけてくる海風と、潮のにおいがいっそう強くなる。アッシャは窓から首をつきだして、珍しそうに左右を見回していた。ザカッロの街も異国情緒は漂っていたが、その大本であるヴァラキアの街は、また格別だった。

街角ごとに網や漁具が干してあり、ふじつぼのいっぱいついた壺や、錨や、船の舵が投げ出してある。歩く人々は肩に長く巻いた釣り縄や巨大な魚をかつぎ、頭に大きな盥を乗せて歩く。潮にやけたがらがら声での会話が、あちらこちらから聞こえてくる。

まだ陽は高いので、肌もあらわな女たちはあまり姿を見せていないが、それでも、そこここに看板を出した酒場や女郎宿からは、さかんな嬌声やさいころのころがる軽い音がして、ときどきあがるどっという歓声や笑い声が打ち寄せる波のように馬車にとどく。そのたびにアッシャはいっそう目を大きくして、首をのばしてにぎやかな店を見送るのだった。

潮風にふかれた白い家々は塩の結晶でざらついていて、白く吹いた粉が陽をあびてきらきら光る。赤や青の煉瓦でふいた屋根の軒先から海藻茶をつくるための手を広げたような形の赤紫の海藻や、煮て食べるための緑の巻物のようなひらひらした海藻が垂れ下がり、のれんのようになっている。ひらいた魚や烏賊《いか》、脚を広げた蛸《たこ》も揺れ、鰓《えら》にひもを通した小魚や、薄桃色をした小海老がざるに広げて干してある。

丸石で舗装した街路を、裸足の子供たちが猫を追いかけて歓声をあげて駆け抜けていき、後ろから、茶色い毛のぼさぼさした犬が、よたつきながら吠えて走っていく。

ザカッロでは装飾の一つとしてあつかわれていた沿海州風の風俗が、ここではより自然な形で息づいていた。巨大な乳房をむきだしにしたまま、頭の上の台に生の魚を載せてのしのし歩いていく女がいる。色とりどりな入れ墨を、太い腕に隙間なくいれた男が、同じく裸の背中に大きく嵐の中の帆船と波の女神を入れた男と、路傍で賭博に夢中になっている。ザカッロではむしろ商人の方が目立ったが、ここでは、目につくのは圧倒的に漁師たちであり、船乗りたちだった。

小姓は港へ続く大路をしばらく進んだのち、市場を迂回《うかい》して、海を見下ろす山の斜面へと坂をのぼりはじめた。漁師町のにぎやかさがしだいに遠くなって、今度は屋敷町の閑静さが耳に入ってくる。金持ちの商人や船主、官吏、貴族などの品のよい邸宅が並ぶ街並みをしばらく走り、馬車は、丘の上の、港と入り江を一望できる瀟洒《しょうしゃ》な邸宅の前でとまった。

「どうぞ、お入りください。ロータス・トレヴァーン公の別宅でございます。ご滞在の間は、どうぞ自由にお使いくださいとのことです」

小姓はそのまま邸宅の中に走り込んでいった。大声で何か知らせている。中から十数人の人々が流れるように出てきて、ヴァレリウスを馬車から助けおろし、アッシャをうながして、中へと連れていった。

「ごゆっくりおくつろぎください。主よりいずれ、沙汰がまいります」


ドライドン騎士団の面々が大公ロータス・トレヴァーンに謁見したのは、その日の夜になってからだった。

アルミナ王女とアグラーヤ特使に関する対応をすませ、ロータス・トレヴァーンはいささか疲れた顔だった。太守館の静かな一室に座席を整え、人払いをしていた。騎士たち一同、沐浴して服を改め、騎士団の正装を身につけている。先行してヴァラキアに帰還していた面々も加わり、数は二十名ほどに増えていた。

整列した騎士たちの前に、アルマンドとヴィットリオがしずしずと櫃を運んでくる。パロからここまで、長い道のりをこえてきた櫃は銀の色がわずかに黒ずみ、真珠のいく粒かに小さな傷が入っている。

二人がロータス・トレヴァーンの前に櫃を置くと、はりつめた沈黙かしばし漂った。やがてロータス・トレヴァーンは片膝をつき、誰の手も借りずに、自分の手でふたをあけた。

しばらくそのままじっとしていた。中におさめられたものを黙してじっと見つめ、ふたをかかげたまま長い間微動だにしなかった。

やがて、長い吐息をついて、両肩から力をぬいた。

見ていた騎士団の面々からも、期せずして大きなため息がもれた。ふたを横に置き、疲れたように鼻梁《びりょう》に指をあてて揉む。広い肩がすぼまり、数歳年をとったように見えた。

「トレヴァーン公――」

「ああ。ああ、わかっている」

目頭を揉みながら答えるロータス・トレヴァーンの声は不明瞭だった。

「それでは、帰ってきたのだな、友よ。このような形で再会するとは夢にも思わなかったが、それでも、会えて嬉しいぞ」

櫃のふちをそっと指で撫でる。中身には注意深くさわらないようにしていた。もし触れてしまったら何かが失われてしまうとでも考えているようだった。しばしじっと櫃をさすりながら考えにふけっていたが、やがて顔を上げ、鋭い声で、

「それで、なぜこのようなことになったのかを聞かせてもらえるのだろうな。アルミナ

王女から話は聞いたが、いささか要領を得ないところがあった。おまえが一部始終を見ていたという話だが、マルコ」

「はい、公」

平静にマルコは答え、そのまま、クリスタルでのゴーラ王イシュトヴァーンの所行と、駆けつけたカメロンのこと、自分がカメロンをイシュトヴァーンのところへ案内したこと、異常に気づいて駆け込んだときには、すでにカメロンはイシュトヴァーンに惨殺されていたことなどを、淡々と語った。

話の間、ときおり短い質問をはさむ以外ロータス・トレヴァーンは口をきかなかった。マルコが語り終わると、長い沈黙が降りた。ロータス・トレヴァーンは目をつぶってじっとうつむいていたが、やがて目を開いて、

「ゴーラか」とひとこと言った。

「パロで何が起こったかは情報が流れてきている。だがいまのゴーラが本気でパロを攻めようとしているとは考えられず、正直なところ半信半疑でいたのだ。イシュトヴァーン王がリンダ女王を監禁しているというのは、間違いないのだな」

「はい。イシュトヴァーンはリンダ女王と結婚するという無謀な望みを抱き、われわれを連れてパロに侵入したのです。女王を略奪するという計画は挫折しましたが、その後、われわれにもよくわからぬ、異様な魔道師がイシュトヴァーンにとりつき、奇怪な異形

のものをクリスタルの都じゅうに解き放ちました」

「リンダ女王は現在でも無事なのか」

「わかりません。私がクリスタル宮にいた時にはまだご無事でした。イシュトヴァーンはリンダ女王に対しては特別な感情を抱いているようで、少なくとも私の知るかぎりでは、無体なことを強いてはいないように思われます」

「ふむ」

ロータス・トレヴァーンはゆっくりと櫃にふたをし、その上に両手を重ねた。古い友人を失った痛みにその眉根はまだ曇っていたが、鋭い眼光は、すでに起ころうとしているなにかの先を見通そうとしていた。

「ゴーラはいまだ不安定な国だ。そのゴーラの、政《まつりごと》のほとんどを一手に引き受けていたカメロンが国王の手で殺されたとなれば、不安定は一気に崩壊と内乱へと傾く可能性がある。イシュトヴァーン王はパロから動いていないのだな」

「われわれの知るかぎりでは、そうです。帰国したところでなにができるわけでもないでしょうが」

平坦なマルコの声にかすかな侮蔑がまざった。

「うむ」とロータス・トレヴァーンはうなずき、立ち上がって窓辺に寄った。海からの風が吹き込んできて、綴織《つづれおり》をゆらし、潮のかおりを一同のあいだにみなぎらせていった。

「アルミナ王女から、沿海州会議の提案があった」と彼はいった。「ゴーラの暴虐からアグラーヤの姻戚国であり、友邦であるパロを救出し、主権の回復を助けたい……とのことだ。沿海州は団結してパロを支援し、連合軍を供出してイシュトヴァーン王を攻めるべきだと」

マルコは沈黙を守った。

「むろん、会議を開くかどうかは王女の一存では決まらん。アグラーヤが軍を出すかどうかも、まだわからん――王女はすっかりその気でいるようだが」港で灯をゆらめかす船を見下ろしながら、考え込むようにロータス・トレヴァーンはいった。

「公はどうお考えですか――もし、きいてよろしければですが」

「俺か」

しばらく黙っていてから、吐き出すように、「ここにカメロンがいたらどう言うだろうな」とロータス・トレヴァーンはいった。

「しかし甲斐ないことだ。カメロンは死んだ。そしてその血の負債はイシュトヴァーン王にある。死んだときのカメロンの地位はゴーラ宰相だった。政治的に見ればこれは単に国王が自らの家臣に手を下しただけという意味しかない。ヴァラキア海軍での地位がすでに返上されている以上、ヴァラキアがこの問題に関与する理由は存在しない」

「ヴァレリウス殿がおられます。あの方は沿海州に保護を求められるのではありませんかか」

「おまえはイシュトヴァーンを殺したいと思っているのだろうな、マルコ」世間話をしているような調子でロータス・トレヴァーンは指摘した。

「しかしたやすいことではないぞ。いかに下劣な男であっても相手は国王だ。アグラーヤはおそらく、アルミナ王女のパロ前王妃というつながりを建前にパロ侵攻に臨む。ボルゴ・ヴァレン王がこちらに向かっているというのも、おそらく沿海州連合を再統合するにあたって、会議の前に俺を味方につけておきたいという魂胆だろう。ヴァレリウス宰相がヴァラキアに正式に救いを求めるかどうかは置いておいても、以前から何度か持ち出されているパロへの軍派遣の機会を、あの男が逃すとは思えん」

「パロを奪回したいというお考えはヴァレリウス殿もお持ちでしょう」

「アル・ディーン王子はケイロニアに身を寄せたと聞いたが」

「女帝の新体制が始まったばかりのケイロニアは、それほど大きな動きを起こせないはずです。グイン王との友誼《ゆうぎ》があったとしても、国としての体制を整えるほうを優先するでしょう。何より、パロという甘い果実を手に入れる機会を、公、あなたも見逃すようなことはなさらないはずだ」

　ロータス・トレヴァーンは驚いたようにマルコをまじまじと見つめた。目尻のしわが深くなり、瞳に刺すような光が走った。

「どうやら復讐の悪魔がおまえにとりついているらしいな。気持ちは理解するが、マルコ、事をあせりすぎるな。カメロンのあだを討ちたいのは俺も同じだが、イシュトヴァーンはパロにおり、仮にもゴーラの王だ。いかに愚王だとしてもな。大義名分がなければ戦争はできん。理由もなく兵を動かせば、それはイシュトヴァーンの蛮行と同じだ。このまま奴がパロにとどまれば、カメロンを失ったゴーラはいずれ内部から瓦解する。それを静かに待つことはできんのか」

「できません」冷たくマルコは言った。「あの男が生きている一分一秒が、カメロン卿の死を冒瀆しているのです。俺はあの光景を忘れることができない。カメロン卿を殺し、その血で手を染めながら、自分が殺したのではないと泣き叫んだ。堂々と罪を認めることさえできぬ男に支払いをさせることができるのは、命だけです。名誉など、もともとあの男には存在しなかった。存在しなかったものを奪うことはできない。ゴーラが倒れたところで何の意味もない。イシュトヴァーンは死なねばなりません。それがあの男が支払うべき代価です」

ロータス・トレヴァーンは目を細めてマルコを注視していたが、やがてつと顔をそらし、カメロンの遺骨を納めた櫃のそばに戻った。物言わぬ旧友を見下ろす視線は疲れたようにくもっていた。

「いずれにせよ、ヴァレリウス宰相とは話し合わねばならんだろう」

小さく首を振りながら彼はいった。

「彼がヴァラキアに正式に保護を求めるかどうかはそれからの話だ。ボルゴ・ヴァレン王は明後日ここに到着する。ヴァレリウス卿とヴァレン王をまじえた三人で、まず探りを入れる。宰相閣下も馬鹿ではない。いまの状態のパロに他国の軍を軽々に引き入れることの危険さは承知しているだろう。問題は、その危険を冒すほど追いつめられているかどうかだ」

手をあげて退出のしぐさをした。

「みな、よくカメロンをここまで守ってきてくれた。いろいろと準備もあるだろう。宿舎に戻り、よく眠って、鋭気を取り戻しておいてくれ……葬儀では騎士団が中心になって動くことになるだろうからな。わが友を海に還すためには、最高の儀式で送りたい」

3

その朝にヴァラキアの港を出航する船は一隻もなかった。せっかくの潮目の良さを愚痴るものもないではなかったが、それはけっして大声では口にされず、物陰でぼそぼそとこもりがちに語られるだけだった。数日前からただようしめやかな雰囲気は前夜にはぐっと高まり、酒場では、死せる英雄の名のもとに何度も杯がかかげられた。

「カメロンのために！」

「快男児カメロンのために！」

「われらが海の英雄に！」

「カメロンに！」

「カメロンに！」

朝焼け、海霧は海面を金色に流れて、地平線から顔を出した太陽をぼんやりときらめく靄《もや》でふちどった。いつもは夜明けも待たず漁に出ていく漁船や早立ちの交易船が、はやばやと白く航跡をひいて入り江を出ようとしているころだったが、けさのレント海は鏡のようにしずかに凪いで、青あおとなめらかな海面には、鷗《かもめ》の白い羽根が風のまにまにとびかっているばかりだ。

霧はヴァラキアの街をもひたしていた。酒場や女郎宿の紅い灯もじんわりと靄ににじんで、どこか涙にうるんだ瞳を思わせた。にぎやかな高歌放吟《こうかほうぎん》も、酔っぱらいの喧嘩も女たちの甲高い笑い声も、この日はひっそりと遠かった。

陽がさすにつれ、水の引くように霧はしりぞいて、沖のほうへと消えていった。しらじらとした朝の光がヴァラキアの白い街を照らし出した。

強い風が吹いて、港に停泊する船の帆やかかげられたたくさんの旗印をなびかせていた。風にあおられた波が白い三角の波頭で船腹をなめる。ばたばたとぶつかりあう旗と帆は大きな手の拍手のようだった。人々は三々五々家からでてきて、少しずつ、港に集まりはじめていた。

午《ひる》ちかくになると、港は、いつになく身動きもしない群衆でいっぱいになっていた。あわただしく走り回る漁師の小僧たちや網を肩にかけた女たちも、今日は商売道具を手放して、だまって両手を組み合わせて立ちつくしている。

ところどころで、「押すな！」「おい、足を踏むなよ！」との声がときどきあがるが、喧嘩に発展することはほとんどない。口争いが高くなってくると、たいてい近くにいる誰かが、割ってはいるのだ。

「おい、よせよ。カメロン提督の葬式に、おまえらのやぼな喧嘩なんぞ持ち込むもんじゃねえよ」

そう言われると喧嘩している同士はおとなしくなり、じっと地面を見つめて黙り込んでしまうのだった。

午をすぎると、港に集まった人々の層はますますぶあつくなっていた。桟橋の端から落ちんばかりに鈴なりになった男たちや女たち、停泊している船の上や漁船の屋根などにも座りこんで、何かが始まるのをただじっと待っている。風が吹き、帆と旗をはためかせ、波が浜辺にうちよせて、待ちつづける人々の髪や服を吹きなびかせた。

高い角笛の音がした。

人々はざわめき、静まった。港の中心には、オルニウス四世号、ヴァラキアの宝石と呼ばれるヴァラキア海軍きっての名軍艦が停泊していた。帆柱には黒い旗がなかば下げてつけられ、はたはたと翻っていた。

さらに白い小旗をたくさんつけた綱が帆柱のてっぺんから四方へ張りめぐらされ、風にそよいでいた。船縁《ふなべり》からは色とりどりの飾り帯と下げ飾りがたれさがり、波にゆられる動きにあわせて、ゆっくりと揺れていた。

また角笛が高々と吹き鳴らされた。音にしたがって、おろされていたオルニウス号の帆が、するすると広げられはじめた。真っ白な帆が風をうけて膨らみ、自ら光を発しているかに思えるほど、まばゆく輝いた。

三度目の角笛に続いて、ゆっくりとした調子の音楽がはじまった。鉦《かね》や太鼓、喇叭《らっぱ》、弦楽器などをあわせた哀調を帯びた調べが、波の上にしずかに流れだした。

港を見下ろす場所に用意された桟敷席《さじき》に、ヴァラキア大公ロータス・トレヴァーンが姿を見せた。黒衣に身を固め、白髪交じりの髪をぴったりと後ろに撫でつけて、腕に黒い喪章を巻いている。

人々は喝采したが、その声は、ロータス・トレヴァーンが両手をあげるとすぐに静まった。

「ヴァラキアの人々よ」

よく通る声で大公は言った。

「わが友であり、かつ、ヴァラキアにとっての名誉であった英雄、みなも知る元ヴァラキア海軍提督、カメロン・バルザディ卿の見送りを今日せねばならぬのは、私にとっても悲しいことである。彼の栄光と偉大さのために、皆の心よりの哀悼と、祈りの花を求めたい。歌い手は歌い、奏でるものは奏で、そして、泣くものは泣け。われらヴァラキアの人々は、ヴァラキアのためにはたらいた英雄を、誇りと涙の花をもって送る」

静かに拍手と呼び交わす声があがり、潮騒のように遠くへひろがっていった。

ロータス・トレヴァーンが姿を消すと、オルニウス号の船上に水夫たちが現れた。いつもの船員姿に加えて、腕や首に喪章のしるしの黒い布をまいた彼らは、ある者は歯を食いしばり、ある者はあたりはばからぬ嗚咽《おえつ》に頬をぬらしながら、それでも敏捷に動いて、出航の準備をととのえた。

彼らはかつてカメロンがヴァラキアの提督であったころ、その下ではたらいていた者たちだった。背中を曲げて帆綱をひき、舵をつかむそのきびきびとした動作は、まるでカメロンがそこに生きていて、いまも彼らに指示をとばしているかのようだった。

オルニウス号はゆっくりと回頭し、沖合へと舵をとった。しだいに強くなってきた風が帆をまんまんと膨らませ、帆柱や船縁に飾られた旗をへんぽんとひるがえらせた。

オルニウス号が港を離れると、あとから、そばに停泊していたもっと小さなヴァラキア海軍の軍船、ニカイア号、カールディンの星号、暁の射手号やアケロンの乙女号などが、ゆるやかな速度で同じく岸を離れた。オルニウス号ほど華麗ではないにせよ、これらの船もまた、軍船という立場に許されるだけの飾りを施し、満艦飾のはなやかな姿で、続々とオルニウス号のあとに続いた。

軍船が出ていったあとには、もっと小さな船、個人の船主や漁師の船、潟をわたる渡し船や子供らのあやつる笹舟などまでも続いた。この日にかぎって、ロータス・トレヴァーンは、あらゆる船舶に関して港の自由な出入りを許可すると前もって発表していたのである。

　これらの船はどれも、軍船ほどの豪華さはなくとも、それぞれ手作りの飾りを船首や帆柱にほどこし、貝殻をならべた飾りや手彩色の旗をなびかせて、素朴な色彩で波の上をいろどった。船の上にはそれぞれ乗り合わせた仲間同士がひしめき合い、手に手に花や、楽器や、その他の小さな飾りなどの持ち物を持ち運んでいた。

　入り江から少し外海に出たところでオルニウス号は停止した。それを取り囲むように、ほかの軍船もとまった。

　集まってきた一般の船舶が、さらにその周囲に集まる。岸辺からずっと続いてきた荘重な音楽が、ふとやんだ。静けさがあたりに落ちた。船縁にあたる波と、風と、鷗の鳴き声だけがしばし響いた。

　やがてロータス・トレヴァーンがふたたび現れた。先ほど桟敷にいたときの服装に加えて、大公としての正装の緋色の長衣を羽織り、ドライドン神のしるしとヴァラキア海軍の紋章がならんでついた旗印をかかげて先頭に立っている。

　その後ろに、これもまた正装に身を包んだドライドン騎士団の列が続いた。一同、磨きあげた鎧に身を包み、ゆっくりとした足取りで行進している。海とおなじ深い青で染められたマントが大きくひるがえり、団員の浮かべているそれぞれの悲哀や、涙や、苦痛の表情をかくした。

　列の中心に、高々とかかげられた棺台があった。花と布で飾られ、ドライドン騎士団隊旗と、ヴァラキア海軍軍旗の二枚の旗できっちりと覆われた棺台の上には、人間の大きさの盛り上がりがあった。

またゆっくりと音楽が始まった。大公と騎士団の後ろにはさらにヴァラキア海軍で故人のもとにいた者、知人、友人が続き、さらに、船員たちがそれぞれ胸に手を当て、帽子をぬぎ、鼻をすすりながら続いた。

長い行列は船尾のほうから静かに舳先《へさき》のほうへと続いた。艫《とも》のほうに固まった楽団は高らかに角笛を吹き、鉦を叩き、むせび泣くような調子の旋律を奏でて、葬列の進行にあわせた。

やがてロータス・トレヴァーンが舳先へと達した。オルニウス号船首像の、長い髪をなびかせ、手をさしのべてほほえみを浮かべた海の乙女のもとに立ち、しばし、何かを思いきるように瞑目した。

そして一歩わきに寄り、手をあげた。騎士団の列が進み出た。

最年長のアストルフォを先頭に、ここまでカメロンの遺骸を護送してきたマルコ、ヴィットリオ、アルマンド、デイミアン、ミアルディ、シヴの七名が棺台をかつぎ、ゴーラに同行していた騎士たちがその後ろを守る。ヴァラキアに残留していた騎士団員が最後尾に立ち、その後ろから、ヴァラキア海軍の軍人たちと、船員たちが手をさしのべた。

棺台にのった者に、最後の別れがつげられた。ひとりひとりが台に手を触れ、あるいはすがりつき、沈黙のうちに黙禱《もくとう》を捧げるものもいれば、涙ながらにかきくどいて、仲間に支えられながら、すすり泣きつつようやく引き下がるものもいた。

その場にいた全員が礼を取り終えてしまうと、棺台をかつぐ七名とロータス・トレヴァーンだけが、舳先に設けられた台にあがった。台には手すりがなく、そこからは、ゆたかに打ち寄せるレントの海の青い波が、真下に見えた。

ロータス・トレヴァーンがひざまづき、これから波の底のドライドンの宮居《みやい》へ送られる者への言葉を低く唱える。高く低く続く言葉の一言ずつにその場にいる一同も唱和し、長く続いた祈りが終わる。ロータス・トレヴァーンは立ち上がり、振り向いて、騎士団一同に向かって合図をおくった。

七名の騎士たちは棺台をかついで前に進み出た。たくましい肩から肩へ、順繰りに送られていった棺台は、船縁をこえ、色とりどりの花びらと金糸きらめく旗を後ろになびかせながら、まっすぐに波間へと落ちていった。

しぶきをあげて棺が海に沈んだ瞬間、しずかに流れていた音楽がぐっと高まった。幾度も角笛が、どこかに住まう海神に知らせを送るかのように高々と吹き鳴らされ、鉦が鳴り、笛と風のような弦楽器のすすり泣きが人々のむせび泣きを裂いた。

ロータス・トレヴァーンは舷側に手をかけて、棺が沈んだあとの海面をじっと見守り、アストルフォは両拳を握りしめて、老いた顔をゆがませていた。マルコは風に髪をなびかせながら遠い目つきで地平線を見つめ、かすかに開いた唇を動かしているが、何をいっているかは聞き取れない。

アルマンドは静かに涙を流し、ヴィットリオは歯を食いしばって目をそむけていた。ディミアンとミアルディは肩にもたれ合ってあたりはばからず泣いている。シヴはいつものとおり沈黙していたが、彼の黒目のめだつ両眼にも、うっすらと白いものが光っていた。

棺が海に落とされた瞬間、どっと花が舞った。あたりに停泊していたヴァラキア軍船、ついてきていた一般船舶、漁船、小舟、それらすべてからいっせいに花と紙吹雪がまき散らされ、なき人への礼讃と離別を悲しむ叫び声がこだました。泣き女たちの引き裂くような泣き声があがり、岩に砕ける波のように、何度も何度も繰り返された。

船上だけではなく、港に残っていた人々のあいだでも同じことが行われた。高いところから見守っていたものが「落ちたぞ！」と叫ぶと同時に、哀悼の叫びがいっせいに人々ののどを漏れた。

港にこぼれんばかりになっていた人垣から花が投げられ、次々と波間に落ちた。亡き人に海底でつき従うという人形や船の模型、小型の船具や海細工の護符なども次々と捧げものとして投げ込まれた。

波間にあざやかな花弁が混じり合い、おりからの風にふかれてぐるぐると回った。港だけではなく、海を見下ろす建物や、高い斜面から港を見晴らす家々からも花は降り、ヴァラキアの白い街は、いっとき、こぼれるような花々の雨によっておおいつくされた。

「信じられねえ。カメロンおやじが、こんな」

涙で顔をぐしゃぐしゃにしながらグンドがつぶやいた。この男はカメロンがゴーラへとたつとき、オルニウス号のあとを任せていった男だった。アルマンドがそばへ近寄っていって、肩を抱いた。

「私たちも同じ思いですよ。でもこれで、カメロン卿も故郷の海に帰ることができた」

「ああ、ああ、そりゃわかってるとも。だが、おやじが。俺はおやじが俺より先に死ぬなんて思っちゃいなかった。いや、おやじが死ぬ時には、俺のほうがきっと先に死ぬって思い定めてたってのに」

「みんなそうさ。俺たち、みんなそうだ」

そばでぼそりとディミアンが言った。ミアルディィは手放しでぼろぼろと涙を流しながら、波間に消えた棺が今も見えるかのように、舳先から首をのばして海を見ている。シヴは黙して脇に立ち、静かに涙しているヴィットリオの腕をとらえて、支えるように身を寄せていた。アストルフォはどこか魂を抜かれたようにぼうっとしている。そして、マルコは——

マルコは棺が海に投じられた時の姿勢のまま、凝然と海を見下ろしていた。手をあげてときおり涙をぬぐうミアルディとちがって、彫像と化したかのように身じろぎもしない。涙さえ、その頬には伝っていなかった。なにもかもが彼のうちで凝固しているようだった。

波間を見つめる目さえもぴくりともしない。ドライドンの胸にかえっていった人よりも、なにか別の苛烈なものを見つめている目だった。身をよせあい、それぞれに悲しみといたみを分かち合う仲間たちの中から、奇妙にマルコは浮き上がって見えた。それを波間に沈んだ棺のあるじがなんと考えるかは、もはや知りようがない。ぼんやりと視線を宙に向けるアストルフォの横で、マルコは、石化したようにじっと立ち尽くし、風に髪をなぶらせていた。

ヴァレリウスとアッシャは船には同乗せず、港につくられた桟敷席から葬礼に臨んでいた。

「あ、——」

わっと礼賛の叫びがあがり、花が舞う。岸辺でも待機していた楽隊が、いっせいに哀悼の音をかなでだした。桟敷席でヴァレリウスの隣に座っていたアッシャは、急いで立ちあがって桟敷のふちに手をかけた。

沖に小さく見えるオルニウス号と、そのまわりに集った船のあたりが、花びらで白くきらめくのが見えた。下から吹き上げてきた海風にのって、港の人々がまいた花が、嵐のように渦を巻いた。かすかに、船で演奏される葬送の調べが岸辺のにぎやかさをぬって流れ、遠い角笛がこだましてきた。

「すごいんだね」

舞い落ちてきた白い花びらを手に受けて、アッシャはつぶやいた。

「その、カメロンって人。とってもみんなに慕われてたんだ」

「ああ。ヴァラキアきっての名提督で、英雄だった。船乗りとしても、商人としても、政治家としてもきわめて有能な人物だった」

疲れたようにヴァレリウスは言った。オルニウス号に乗ったのは生前のカメロンと個人的に親しかった相手のみで、政治を通じての知り合いでしかなかったヴァレリウスは同乗を辞退した。

目をあげると、桟敷の一段高くなったところに白い衣のすそがなびくのが見えた。あそこにアルミナ王女と、父君のアグラーヤ国王、ボルゴ・ヴァレンがいる。彼らも以前、カメロンとの面識はあったようだが、あくまで公式のものということで、私的な葬送に加わることは控えたようだ。

ヴァレン王は十日ほど前にヴァラキアに到着し、娘と面会してのち、ずっとヴァラキアにとどまっている。

ヴァレリウスもいちおう挨拶はすませていたが、パロへの派兵についていまだ相手から言い出さないのが、なんとなく不気味だった。ボルゴ・ヴァレンは目が鋭く、沿海州の人間にしては色白な、小柄で小太りの人物で、髯を独特のとがった形に刈り込み、うすい唇に読みとりがたい表情をたたえて、ぶあつい瞼の下でいつも何かをうかがうような目つきをしている。

アルミナ王女からパロの現況とヴァレリウスの事情を聞いていないわけがないのだが、これまでに数度言葉を交わした時も、無難な天候の話や体調のこと、葬儀の近いカメロンの話などに終始して、踏み込んだ話をしようとしない。ヴァレリウスが本気でヴァラキアに身を寄せることを決めるまで、深い話を進めるのは待つつもりなのか、それとも何か別の意図があるのか、ヴァレリウスには判断がつかなかった。

ヴァレリウスがパロの国政にたずさわるようになって以来、アグラーヤを含めた沿海州とはこれといった交流がなく、通商と、いくつかの儀礼的なやりとりが記憶に残っているだけだった。レムスの退位後、病んだアルミナ王女を帰国させるときにはかなり気を使った。その後、何の干渉もしてこないとわかって拍子抜けしたほどだ。王女の状態に関してパロへ正式な抗議、そして謝罪と賠償請求くらいはあってもいいものだと思っていたが、分裂と内乱で疲弊したパロに、そのようなものを求めても仕方がないと思われたのか。ヴァレン王に直接会ったのはここヴァラキアでが初めてだ。見たところ、それほど甘い男とは思えない。

――王女は自分が自害騒ぎを起こしたせいだと思っていたが……。

はたしてその程度で疲弊したパロへの手出しを思いきるだろうか。娘であるアルミナ王女のことはそれなりに愛しているようだが、権力者というものは、ひとつの身振り、ひとつの言葉のかげにいくつもの意味を隠し持っているものだ。まさにヴァレリウス自身がその通りなのである。

沿海州では最大の国であり、パロとも縁続きの王国アグラーヤを領する国王であれば、娘の身に加えられた不幸を手がかりに、混乱するパロへもっと深く食い入ってこようと画策していておかしくない。

過去は過去としても、現在のことを考えれば、ずっとパロ派兵の口実は大きい。元パロ王妃アルミナの求めに、宰相ヴァレリウスの身柄が加われば、パロへの進軍はかなりな正当性をもって進めることができる。

パロがモンゴールの侵略下にあったころ、当時まだ王子だったレムスはアグラーヤの王女と結婚することを条件に沿海州の兵力を借り、王都奪回に成功した。しかし今度は、奪回されるべき都はあっても、民がいない。女王の安否もわからない。王位継承者は遠いケイロニアにいる。そんな状態でほとんどからっぽの都に他国の兵を入れれば、待っているのは、余所者による国の乗っ取りにきまっている。

自分にパロ収奪戦争ののろしをあげろというのか、とヴァレリウスは王女にいったが、放置すれば、まさにその通りのことになりそうなのが実状だった。ヴァレリウスは重いため息をつき、風に舞って散る花を見つめた。

ロータス・トレヴァーンは誠実かつ篤実《とくじつ》で知られた名君だが、だからといってヴァラキアの利益を考えないことはあるまい。沿海州の軍を連合させるとなれば、ヴァラキア、アグラーヤのほかにも、レンティア、ライゴールなど、ほかの国々との協調もとらねばならない。前回行われたというヴァーレンでの公会議がふたたび行われるのだろうが、並みいる老練な沿海州の諸侯に対して、はたして自分ひとりでパロの利益を守ることができるだろうかと、ヴァレリウスは暗澹《あんたん》たる気持ちで思った。

アッシャは桟敷のふちに立ち、降ってくる花をつかまえては両手で振りまいている。黒衣をまとってはいるが、その様子はまるでふつうの娘に戻ったように幼げだった。彼女の姿がまたヴァレリウスの胸を暗くした。魔道師になるときめた少女。女性のよろこびをすべて捨てて、武器になると告げた彼女のためにも、自分は、弱くなっていてはいけないのだ。

「よい弔《とむら》いの礼だな」

アッシャが手に受けた花びらを取り落とした。

ヴァレリウスはぎょっとして後ろを向き、そこに、小柄な男が、まるい肩をすぼめ、とがった髯をひねりながら分厚いまぶたを伏せているのを見つけた。アグラーヤ国王、ボルゴ・ヴァレン。

「陛下」

てっきり娘とともに上の桟敷にいるものだと思っていたのだが、いつのまに降りてきたのか。椅子から立って礼をしようとするヴァレリウスに手を振ってとめ、ヴァレン王はゆっくりと入ってきた。

後ろからついてきた侍従が、かかえてきた金襴張りの椅子をヴァレリウスの隣に据える。ヴァレン王は当然のようにそこに腰をおろし、両手を膝で組んだ。くつろいだ様子で指をあげ、葡萄酒の杯を要求する。侍従は頭を下げて出て行った。アッシャが手から残った花びらを払い落とし、ヴァレリウスのかたわらに守るように立った。ヴァレン王は微笑した。

「ああ、そちらが女魔道師の娘御か。アルミナが口にしていた。魔道師となる女性はふつう、きわめて珍しいそうだが」

「いまは人材が払底《ふってい》しておりますので」

短くヴァレリウスは答えた。アッシャがぴくっとするのを軽く腕に触れておさえる。ヴァレン王は特に追及する気はないようで、足を組み、舞い散る花びらの向こうを眠たげな目で眺めた。

「カメロン卿がこれほど早くに亡くなられるとはな。以前、何度かやりとりしたことがあるが、実に傑出した人物だった。正直、わが国にほしいと思ったほどだったよ。ゴーラに移ったと聞いたときには、ロータス・トレヴァーンもずいぶんもったいないことをするものだと思った」

「ご友人の意志を優先されたのでしょう。お二人は深い友誼を結ばれたあいだがらだと聞いております」

「友誼か」

鼻を鳴らして、ヴァレン王は侍従の差し出した杯を受け取った。ヴァレリウスにも杯を載せた盆が差し出されたが、首を振って辞退する。ヴァレン王はかるく乾杯の仕草をして、杯をかたむけた。

「われわれの国同士にも友誼はある。そうだな？　パロとアグラーヤにも。わが娘の不幸によって多少傷つけられはしたが」

「さようです」きたな、とヴァレリウスは思った。

「王女殿下のご病気についてはまことにお気の毒に存じます。パロでもさまざまに手をお尽くしいたしましたが、はかばかしい効き目がなく、魔道士のわざも、お心をいためられていることを考えるとうかつに使用するのは危険でございました。結局、あのような形でお国にお返しするしかなかったことには、いくらお詫びを申し上げてもたりぬと存じます」

「ああ、ああ、わかっている」

ヴァレン王は目をとじて葡萄酒を味わっているような顔をしている。

「パロがあれの面倒をよく見てくれなかったと思っているわけではないよ。むしろたびかさなる国難のあいだも、よく守ってくれたと思っている。内乱に加え、パロにのしかかった奇怪な凶兆の影は、沿海州まで噂がとどいていたからな」

「おそれいります」

相手はどの程度まで知っているのだろう、あるいは信じているのだろう、とヴァレリウスは顎を胸に埋めて考えた。魔王子アモンの跳梁《ちょうりょう》について、おそらくアグラーヤもそれなりの情報を得ているにちがいないが、どの程度まで正確なものが届いているかは疑わしい。そもそも、あの異常な事態になんらかの正確さという言葉が該当するのかどうかあやしい。異界の魔道に支配されたパロ王宮は一時完全に異世界と化し、まきこまれたほとんどの人間が人格も人間の姿も失うような事態になっていた。一秒ごとに流動する世界をまのあたりにした間者がいたとしても、それを本国へ報せることができたか、あるいは情報をまとめられるほどの正気をたもっていられたかどうかは、疑問だ。

「そしてまた、このたびの苦難だ」

侍従を下がらせ、自分で葡萄酒をそそぎながらヴァレン王はいった。

「ゴーラ王イシュトヴァーンの侵入と、それに続く暴虐に、姻戚としてあらためて悔やみを申し上げる。詳しい話はまだ聞いていないが、かなり、ひどい状況なのだろうな？」

かたくなって立っているアッシャを横目で見る。彼女のような少女を魔道師として迎えなくてはならないほど追いつめられているのだということが不意に強く思い出されて、ヴァレリウスは息をつめた。

「それに関してはまたいずれ、あらためてお話しいたしましょう。現在は、カメロン卿の喪に服すべきではありませんか」

「卿はおおらかな男であった。そのようなことは気にすまい」

ずけりとヴァレン王はいった。

「われらがすべき話をするのを妨げるというほどではあるまい。で、ヴァレリウス殿」

杯の縁を指でなぞりつつ、ヴァレン王は床に視線を向けている。

「宰相としてはやはり、パロの様子がいまも気になるのだろうな？」

「故郷のことが、気にならぬものがおりますでしょうか」

じわりと首が締まってくるような感じをヴァレリウスは抱いた。

「パロは私の故郷であり、私を宰相として取り立ててくださった御方の故郷でもあります。職務としての義務のみならず、人間として、またクリスタルの都の惨状を目にした者として、祖国の現状が気にならぬはずがございますまい」

「なにかまた、魔道の産物がクリスタルに放たれたとか」

「は。キタイの竜王による策謀とも推測されておりますが」

「イシュトヴァーンの侵入とはまた別に？」

「いえ。イシュトヴァーンはどうやらそのキタイの魔道によってあやつられているという話もございます。いずれにせよ、イシュトヴァーンが女王を監禁したまま王宮に居座り、魔道によってつくられた異形の怪物がクリスタルを蹂躙《じゅうりん》したというのは、間違いのないところでございます」

「魔道か」

考えこむようにヴァレン王は繰り返した。指先で杯をもてあそびながら、

「われわれ沿海州の人間には、魔道というものがあまり馴染みがない。魔道師である相手に、そう言うのもはばかられるが。魔道というのは、そのように異形の生物を呼び出したり、自在に異界を現出させたりできるものなのか？」

「まともな魔道では、不可能です。われら魔道師ギルドに所属する通常の魔道師では、そのような大それた魔道を使用することはできません。俗に大魔道師と呼ばれる、ほとんど伝説的な力を持った偉大な魔道師であれば別でしょうが。単純に力が足りぬのもありますが、まず、精神が耐え得ません。魔道とはきわめて精神を酷使するわざであり、

今回のごときしわざに、人間の精神は耐えられません。異界の存在、キタイの竜王ヤンダル・ゾッグでなければ、あのような力を使い得ないでしょう」

「異界の魔道。しかし、パロは古き魔道の都と呼ばれているではないか。その古き魔道の力で、異界の魔道に対抗することはできぬのか？　クリスタルの王宮の地下には、かつての古代王国から伝えられたという古代機械がいまも眠るときいているぞ」

「古代機械を動かせるのは、古代機械によって認められた者のみとなります」

ほとんど何も考えず反射的にそう言って、ヴァレリウスはふいにぞっとした。ヴァレン王の厚いまぶたの下の目が、うすく光ったように思えたのだ。

「ほう」ことさら無関心そうに王は続けた。

「それは、直系の人間しか動かせぬということかな。血が薄かったり、傍系の人間では役に立たぬとか」

「……さあ、それは」

ヴァレリウスは明言を避けた。

「基本的には、古代機械は王家の人間しか触れることを許されておりませぬ。直系かそうでないかは、そもそも触れられる人間がかぎられておりますゆえ、試す機会もなかったということでございましょうな。機械によって選ばれたものが直系でなければならぬかどうかは、いまだ結論が出てはおりません」

「しかし、現在のごとき危難の時に、試しに動かしてみるものはなかったものかな。古代機械とは、偉大な力を発揮するものなのだろう？」

「古代機械がいかなるものかは、いまだに明らかになっておりません」

押されかげんになりながらヴァレリウスは、

「どのような機能をもっているかさえ、まったく理解できぬままなのです。魔道師ギルドの最長老も、大魔道師と呼ばれる方も、また、私の知るうちでももっとも古代機械に関して深い知識を持っていた方でさえ、あれが何のためのもので、そしてどのような力を持っていて、何をどうすれば動かせるのかはまったくわからぬままです。古来、大勢のものがあれを理解するべく研究を重ねてまいりましたが、いまだにその一端さえ解明されてはおりません」

「だが以前、レムス王子とリンダ王女が辺境に転移できたのはその機械のしわざなのだろう」

「さようです。ですが……」

そこでヴァレリウスは、なんという理由もなく再びぞっとして口を閉ざした。なにか重大なことを漏らしかけているような気がしたのだ。ヴァレン王は手で顎をささえ、問いかけるような顔をしてじっとしている。

「……そのように言われてはおりますが、しかとは申し上げられません」

いおうとしていた言葉を引っこめて、ヴァレリウスはつづけた。

「リンダ、レムス両殿下も、その時に正確には何が起こったのかをいまだにご存じではないのです。ただ、ある機械に入れられ、次の瞬間にはルードの森にとんでいたというだけで。はじめは違う場所に転移する予定だったのでしょうが、機械の誤作動か、なんらかの手違いによって、あのような危険な場所にとばされることになったのです。このように、古代機械というのはまことに理解しがたく、予測のつかないものです。それはパロの宝であり、秘密のひとつではありますが、継承者たるパロ王家の方々であっても、自由に操作できるというものではありません」

ボルゴ・ヴァレン王は小さく首をかしげた姿勢で杯をまわしている。視線を下げたその姿勢が、ヴァレリウスには岩の上にとまって首をちぢめている禿鷲のように見えた。なにも見ていないようにみせかけて、実は眼下のあらゆるものに目を配っている猛禽《もうきん》の目つきだ。ヴァレリウスは自分の心が岩のようにかたく、重くなるのを感じた。

どこかで笛のような高い声がひびいた。ヴァレン王は杯をおいて立ち上がり、「思ったより長居してしまったな」といった。

「そろそろ席に戻らなければ。娘が心配するだろう。知っているだろうがあれには、まだ不安定なところがあってな。長い間ひとりにしておくのは、いささか危険なのだ」

ヴァレリウスは黙って立ち上がり、両袖を重ねて魔道師式の礼をした。となりでアッシャも師匠にならう。のんびりと首を回しながらヴァレン王は出ていき、あとにかすかな香水のかおりを残していった。アッシャが扉を見つめ、眉をひそめて、唾でも吐きたそうに口をゆがめた。

「あたし、あの人好きじゃない」

断定的に彼女はいった。いさめるべきであったのだろうが、ヴァレリウスは首を振っただけでなにもいわなかった。ただ、ボルゴ・ヴァレンが古代機械について話した口調について考え、さらに、彼の娘、レムスの妃であるアルミナ王女が、祖母からパロの青い血を受け継いでいることについて、考えをめぐらせていた。

4

外ではにぎやかに笛や鉦が鳴り響いていた。歌声が盛りあがり、泣き女たちの糸を引くような儀礼的なむせび泣きが音楽と歌のあいだをぬって聞こえる。鎧戸と、分厚い窓おおいをすかしても、外の喧噪はいらだたしい虫の羽音のように侵入してきた。

室内はひどく蒸し暑く、湿気と臭気がこもっていた。古くなった食物のにおい、すえた酒のにおい、甘ったるい異国の香のにおい、刺すような麝香《じゃこう》のにおい、立ちこめる煙管《きせる》の煙の青い刺激臭。それらの底に、長い間かえられていない敷布と、洗っていない身体と、なにより、懶惰《らんだ》にただれた人間の、腐りかけた果実のような体臭。

それらが渾然となって綿のように沈殿する底に、オリー・トレヴァーンは横たわっていた。ひとりではなく、裸体のほっそりした少年をたるんだ腕の下にかかえていた。少年は煙に酔ってうとうとし、オリー・トレヴァーンはうす明かりの中で目を開いて、心に巣くったいらだちに食い荒らされながら葡萄酒をがぶがぶと飲み干した。

外から聞こえる何もかもがいらだたしかった。何が行われているかは知っていた。誰も教えるものはいなかったし、彼の兄であるロータス・トレヴァーンがよこした伝言も、開けられないまま室内のものに埋もれた卓のどこかに消え失せていた。しかし、流れる噂はいやおうなしに耳に入ってきた。ヴァラキアの名提督、英雄カメロン船長が遺骨となって帰国し、その葬礼が行われる話は、数日前から下働きの男女や少年たちのあいだでもちきりとなっていた。

カメロンの名を使った仮面劇や子供向けの人形劇は数多く、ほとんどの者がこのヴァラキアの快男児の名前とその業績を知っていた。それらのすべてが真実というわけではなかったにせよ、カメロンの名は、それを知るものにとってある種のあこがれと郷愁を呼び起こす存在だったのである。高官の死には興味をしめさないヴァラキアの民も、物語でともに波の上を駆けぬけた男の死には、涙を惜しまなかった。

オリーの腕の下にいる少年も葬礼を見たがったのだが、殴りつけて黙らせた。もう長い間、公的な場には出ていない。いまさらのこのこ人々の前に出ていって、さらし者になるのはまっぴらだった。

額に髪がねばりつく。このごろは髪の量がだいぶん減り、額が広くなったと自分でも思う。髪の毛を払いのける手はかすかに震えている。みながオリー・トレヴァーンは乱行がたたって病になり、影のようにやせおとろえたと噂していることも耳に入っている。事実はそうではない。痩せてはいない、むしろ、中身のなくなった酒袋のように、皮がたるんできた。動かないため肉が落ち、陽を浴びないためになま白い肌がいよいよ白くなった。血走った目の縁は赤みを帯びてただれ、どこか陽の当たらない洞窟の生き物を思わせる、弱々しい外見になってきたということだ。

不公平だ、と何度となく考えてきたことをまた考える。不公平だ。一介の船長でしかないカメロンの死は、こうしてヴァラキア全市をあげて弔われる。なのに俺は、ヴァラキア大公ロータス・トレヴァーンの弟であるオリー・トレヴァーンは、こうして誰にも見捨てられて暗い部屋の中で腐っていこうとしているのに、誰も、なにひとつ目を向けようともしない。

それは彼が物心ついたころから彼の中に巣くっている思いだった。ごく幼いころから、彼と兄ロータスの差は歴然としていた。彼が苦労した末にやっと一端を身につけるようなことを、ロータスはたちまちのうちに習得し、まるで長年やっていた達人のようにやってみせる。剣でも、馬でも、繰船術でも。兄がひとりで軽々と馬を乗りこなすその横で、オリーは鞍の上で、恐怖のあまり落ちることすらできず震えていた。兄が笑いながら水夫たちといっしょに帆を操っているとき、オリーは船酔いで顔を土気色にして船端からげろを吐いていた。初等教本をオリーが唇を動かして必死に読んでいるその隣で、兄は古い巻物に書かれた史詩に関して教師と討論を交わしていた。万事がその調子だった。

周囲の人間はこぞって兄をほめたたえた。その一方で、何事にも不器用で、臆病、怠惰で努力のきらいな弟は、表だっては口にされなかったにせよ、落胆と嘲笑の的になった。少なくとも、オリーはそう信じた。

不公平だ。俺はロータスの弟なのに、あいつのやるようなことは何もできない。あいつの理解できるようなことが理解できない。俺の手の届かないものをあいつはなんなく手に入れていくのに、どんなにがんばっても俺はあいつの半分にも及ばない。

兄を上回ることのできる道はひとつしかなかった。必然のようにオリーはその方向に邁進した。酒を飲み、少年たちに手を出し、使えるだけの金を濫費してくだらぬ放蕩者たちの王となること。

そこでなら、オリーは一番になれた。一晩中飲んだくれて酒場じゅうの酒を飲み干すこと、仲間といっしょに女郎屋に暴れこんで女たちをひどい目にあわせること、目についた美しい少年という少年を買いしめ、寝台の上で蹂躙すること。

どれも兄がやれない、やろうともしないことばかりだ。腹の底で怒りをたぎらせながら、オリーは無我夢中で放蕩に耽溺《たんでき》した。ことに少年をもてあそぶことを好んだのは、彼らが、かつて兄や自分がそうだったような、しなやかな手足と大きな瞳をしていたからかもしれない。ごく幼いころには、兄弟はうりふたつといわれるほど似ていたものだ。

今では誰も、オリーとロータスを取り違えるものなどいないだろう。一方はヴァラキアきっての勇者にして英明をたたえられる大公、もう一方は懶惰に食い尽くされて見るかげもない、その不肖の弟。オリーはげっぷをもらし、外から流れてくる高い角笛の音に、呪いの言葉をつぶやいた。

ヴァラキアで生まれたのでなければ、あるいは、せめてロータス・トレヴァーンの弟でなければ、彼もまた生きる方法をどこかに見つけられたのかもしれない。他人が噂するほどに彼は頭が鈍いわけではなく、また無能というわけでもなかった。

彼の不幸は、すぐそばにロータス・トレヴァーンという尋常ならずすぐれた兄がいたことであり、どんなことでも、兄と比較されずにはいられなかったことだ。多少頭がにぶくとも、肉体的な能力に劣っていようとも、ロータスと比較されることさえなければ、彼はここまでひがみはしなかったことだろう。

他人が賞賛する兄の美点が、彼には、すべて自分のものになるべきだった分け前をもぎとっていった結果に見えた。二人に等しくわけられるはずのほめ言葉を、兄がすべて奪っていったという信念を捨てられなかった。どうせ何をしても兄に奪われるのだという陰気な諦念が彼の心の奥底に根付き、育っていった。成年になるころにはそれは節くれ立った大樹に育ち、彼の心を、永久に自暴自棄の泥沼におしこめてしまった。

外で進行しているあらゆることが彼にとっては苛立ちの種だった。それらはすべて、彼が手に入れるはずだったのに奪われたなにものかであり、彼自身が関係あるかどうかは考えられなかった。奪われたもののことばかりを考えてすねきった心には、明るく快いものはすべて、自分からもぎ取られたものを他人が喜んでいるかのように思えるのだった。

声をそろえて歌う哀歌と、泣き女たちのすすり泣きが細く聞こえてくる。見ろ、俺を放り出してやつら喜んでいやがる、と彼は思った。鎧戸の隙間から吹き込んできた風が窓おおいを膨らませ、少年がなにか不満そうにつぶやいてもぞもぞと向きをかえた。汗でべとつく身体を乱暴に押しのけ、オリー・トレヴァーンは身を乗り出して葡萄酒を注ごうとした。

「やあ。お久しぶりですね」

ぎょっとして手を止めた。

戸口のうす明かりのむこうに誰かが立っていた。長身で手足が長く、腰が細い。一歩進み出ると、鎧戸から筋をひいた光があたって、中高な鷲鼻と、薄いあばたのある頬が浮かび上がった。

「誰だ。何の用だ」

「何の用だとはご挨拶ですね。以前のご主人様のお顔を見たくて、参上したんじゃありませんか」

相手はさらに前に進んだ。オリー・トレヴァーンはまばたいて手を顔の前にあげた。

相手がまとっているマントが揺れた。海の青を思わせる、鮮やかな青いマントだった。

「相変わらず不細工で、怠惰で、見るからに気分の悪くなる腐った豚野郎でいらっしゃるようで幸いですよ。僕のことをお忘れですか？　悲しいな。僕はあなたを忘れたことなんてなかったっていうのに」

「誰だ」

オリー・トレヴァーンは繰り返した。記憶を探ったが、前に立っている男のことはまったく思い浮かばなかった。どこかの酒場の浮かれ騒ぎですれ違った相手かもしれないが、それではなおさら、彼がおぼえているわけもなかった。彼が真の意味で覚えているのは、兄ロータス・トレヴァーンの顔、ただひとつだったのである。

相手は肩をすくめた。

「まあいいです。覚えてないんじゃしょうがない。ただ僕はちょっと、お届け物があってきただけでね」

「届け物？」

起きあがろうと苦労しながらオリー・トレヴァーンはいった。わずかに皮肉なよろこびがわいた。いまだに大公ロータス・トレヴァーンの弟という肩書きに価値を認めるものは少数ながらいて、そうしたものたちの付け届けで、放蕩の代価を支払っているのが現状だった。酒屋と娼館、その他いくつかの支払いがたまっている。ロータス・トレヴァーンはもうずっと前に、弟の負債を支払うことをやめてしまっていた。

「そうですよ。見てくださいよ、この青いマント。ドライドン騎士団のしるしなんですとさ。立派なものじゃありませんか。近くへいって、よく見てもらってもかまいませんか？」

相手はさっと近づいてきた。オリー・トレヴァーンはとまどって身体を起こしかけていたが、ふと、顎の下に冷たい風を感じた。

すきま風が入ってきたような感じだったが、首のまわりが冷たくなり、それから温くなった。湯のようなものが喉にあふれてきて、膝に流れ落ちた。室内がゆっくりと暗くなり、闇に沈みはじめた。もう陽が暮れたのだろうかと、彼はいぶかった。

「マントにしぶきを飛ばさないでくださいよ」優しい声で訪問者は言った。「こいつは一張羅なんです。汚しでもしたら大目玉をくらっちまう。ほんとはこんなところに着てくるべきじゃなかったんですが、あなたにどうしても見せたくてね。あなたのところのちび助がどんなに立派になったか、死ぬ前に、一目見てもらいたかったんですよ」

オリー・トレヴァーンは溺れかけていた。塩からい温かい水は、幼いころに浸かった海の水を思い出させた。こんな部屋の中でどこから潮水がやってきたのかと彼はいぶかった。目の前に赤い霞《かすみ》がかかり、彼は下を向いた。白かった敷布に海面が広がっていた。

赤い海だった。それはたぶたぶと波立ちながら広がって、彼を待ち受けていた。

まっさかさまにそのただ中に落ち込んでいきながら、彼はぼんやりと、かつて波の中から見上げた空と太陽と、それらを背にした背の高い兄の姿を思い起こしていた。日に焼けてすらりとしたその姿は、いつのまにか、黒髪に黒い瞳の、すばしっこい、どこか皮肉げな笑みを浮かべた少年の姿に変わっていた。胸に丸石をさげたその少年にむかって、彼は手を伸ばした。もう少しで手が届く、そう思った瞬間、ふいに暗黒が彼を呑み込んだ。

「怖がらないで、君」

訪問者は声をかけた。頭から血しぶきをかぶった少年は、喉を切り裂かれて血の海に沈んだ主人の死体のそばで小さくなって、歯の根もあわずに震えていた。訪問者は親しげにそばまで行き、血の飛び散った床につかないように注意深くマントを引き寄せて、かがみこんだ。「ああ」じっと少年を見つめ、小さく息をもらす。

「君を見ていると昔の僕を思い出すよ。君みたいに裸でやせっぽちで、他人のお情けにすがるしか生きていく方法を知らなかった。ばかみたいなお化粧やら絹の服やら。笑えと言われたら笑って、泣けと言われれば泣いて。ていのいいお人形さんさ。いらなくなったら捨てられる、きれいで空っぽなお人形さんだったんだ」

「殺さないで」

少年はうったえた。紅でいろどった頬に涙がこぼれ、少女のような唇がわなないた。

「お願い、助けて。殺さないで」

「言ったろう？　君を見ていると昔を思い出すと」

訪問者は手をのばしてそっと少年の頬をなでた。指の長い手につつまれて少年は首を縮めたが、やさしい手つきにおずおずと手をあげて、相手の手のひらを、すがるようにそっと包んだ。

訪問者は微笑した。

少年の首の横から真っ赤なしぶきが噴出した。きょとんとした顔のまま少年は横に倒れていき、主人の隣に、血の海に漂って横たわった。訪問者は手を払い、顔をしかめて立ちあがっていた。

血に浸っていない敷布の端を使って、血まみれの短剣を少年の死体の手に握らせる。二人の喉を切り裂いた短剣の柄には、ゴーラの紋章が粘りつく血になかば隠れながらもはっきりと見えていた。

「――嫌いなんだよ。昔を思い出させられるのは」

彼は呟いた。

唾でも吐きたそうな顔をして少年の死体を見つめ、踵《きびす》を返す。外ではまだにぎやかな葬礼の音楽が流れ、歌声があがっていた。鎧戸の隙間から流れ込んだ風が、血で重くなった部屋の空気をかき混ぜ、殺人者の去ったあとの空間に、ひとひらの、白い花びらを吹き込んできた。

第三話　牢の中の聖者

1

わきの下を流れ落ちる冷や汗をスカールは感じた。

カン・レイゼンモンロンの前で倒れた男は、わきに控えていた兵に両脇をかかえられてずるずると引きずっていかれた。列に並んだ、おびえきった顔の別の男が背を突かれてよろよろと前に進んだ。兵が肩をつかみ、膝をつかせようとする。男は必死に頭を振り、助けを求めて左右を見回しながら、抗議するように声をあげた。

「お願いでございます、これはいったい何事でございますか？　俺はいったい何をされるんですか？　あの倒れた奴はどうなっちまったんです？　俺は……」

声は途中でとぎれ、うめき声と痙攣《けいれん》する手足がたてる小さな音に変わった。やがて、だらりと崩れ落ちた男の上からカン・レイゼンモンロンが手をもどす。兵士がまた男を引きずって脇に寄せた。列に並んでいる男たちは声もなく、いったい何が行われているのかと息をつめている。

そこから逃げろ、やみくもにどこかへ走り出せと告げる本能の声に、スカールはあらがうので精いっぱいだった。なにかひどく不吉なこと、邪悪なことが目の前で行われているのだという確信があった。あの大導師とかいう男がいったい何をしているのかはわからないが、いずれろくなことではないに決まっている。

先ほど一瞬目に映った、緑色の鱗に覆われ、金と紫の目をぎらつかせた無毛の怪物が頭によみがえった。アニルッダの心眼にもまた同じものが映っていたのであれば、あれは、間違いなく人ではない。ヤガを魔界に変え、邪教のちまたとなすために竜王の手先が化けているのだ。隠微な形でひろげてきた催眠の網の隙間をもっときつく締めようと、直接的な手を使ってきた怪物どもの一匹だ。もしこのまま、なすすべなくあいつの前に引き据えられることになれば、いやおうなくけがらわしい異界の力で脳髄をゆがめられることになるにきまっている。

自然に手が腰をさぐったが、武器はここにつれてこられる前に取り上げられている。そもそも、ミロク教徒は武器を身につけない。徒手空拳で戦うとしても、あたりには十人以上の武装した兵士がいて、四方は石と煉瓦の頑丈な壁が取り囲んでいる。暴れたところで勝ち目はないし、下手に目立てば、かえって敵の手中に自ら飛び込んでいくことになる……

またひとり、男が棒きれを倒すように床に転がった。兵が脇へ引きずっていく。次の男が引きずり出される。スカールの番までは、あと二人しかいない。

――くそ……！

のどの奥で、声を出さずに草原の罵詈《ばり》雑言《ぞうごん》を呟いたとき、犠牲者をわきへ連れていかせるよう手をあげたカン・レイゼンモンロンに、兵士がひとりあわただしい様子で近づいた。

倒れた男を運ぼうとしていた兵士がぽかんとした顔をしている。カン・レイゼンモンロンは身体を傾けて兵士のささやく何事かを聞いていたが、しばらくしてきびしく顔をしかめ、小さく何事かを呟いて、座から立ちあがった。

倒れている男や残った列には一顧だに向けず、足早に部屋を出ていく。残された者たちは突然のことにきょとんとしていたが、やがて、集まってきた兵士が「おい、しっかり立て」と乱暴に声をかけた。

「大導師様は急なご用でお立ちになられた。お前たちへの祝福を授けるのは後日になるとのことだ。おとなしく戻って呼ばれるのを待て。こいつらをもとの部屋へ送っていけ」最後の一言は入り口に控えていた下級の兵士に向けられたものだった。「大導師様はお忙しいのだ。ぐずぐず言わずに列に並べ。いずれまた呼び出されるのを待っていろ」

スカールは全身の力がぬけていくのを感じた。

倒れた男たちはすでに立ち上がり、ふらふらと身体を揺らしながら列に並べられている。その顔はうつろで視線はどこも見ておらず、動きも頼りない。まるで夢の中を歩いているようだ。兵士たちに乱暴に押されたり突かれたりしながら列に押し込まれても、気づいた様子さえろくにない。

「いったいなにがどうなってるんだ」

スカールの前にいた男が声を殺してささやいた。

「祝福って何なんだ。俺たちがいったい何をしたっていうんだ」

「さあ、わからんな。だが、とにかくしばらくは猶予をもらったってことらしい」

同じく低くささやき返して、スカールは兵士に従ってまた列に並んだ。アニルッダも、どこかほっとしたような顔ですぐ後ろにいる。『祝福』を受けたものたちは最後尾に、夢遊病者のようにゆらゆら揺れながら付き従い、先導されて部屋を出るときも、つまずいたりよろめいたりして兵士たちの苛立ちをかっていた。

何が起こったのだろう、とスカールは考えた。『祝福』のことではなく、大導師が出ていった理由である。兵士のあわてた様子と、大導師の顔に浮かんだ表情からして、あまり良いことであったようには思えない。なんらかの不具合な事件が起こったのだ。何だろう。

ブランのことを考えた。彼とはヤガに入る手前で別れたきりだが、おそらく、この都市のどこかでヨナとフロリーを探して動いているはずだ。どんな事件が大導師の顔をしかめさせたのかわからないが、それがブランのしたことであれば痛快だ、とスカールは思った。

あの男が無事であればいいのだが。地上で見た、あの派手な幻惑と催眠の見世物はけっきょく何者かの介入で不発に終わったようだが、あれにもブランか、あるいはイェライシャがかかわっているのだろうか。

魔道が使われている以上、おそらくイェライシャは関与していると考えたほうが良さそうだが。そうすると、ブランはどうしているのだろう。老師とともに行動していると考えるのが妥当だが、あの行動的な男が、ただイェライシャの魔道の影にかくれることに満足しているとも思えないのだが。

考えているうちに、またもとの陰気な牢獄へ戻ってきていた。兵士が扉をあけて、まだ正気を保っている男たちを中へ押し入れ、続いて、ふらふらしている『祝福』を受けたものたちを突いて入らせる。残っていた数人が驚いたように腰を上げ、倒れかかる仲間を受け止めた。

「おい、どうしたんだ、おい、どうした、ぼうっとしちまって」

焦った声がそこここから聞こえる。抱きとめた仲間の頬を叩きながら気遣わしげに、

「ああ、どうしちまったんだよ、なあ、返事してくれよ。何が起こってるんだ、いったい、どうされちまったんだよ、なあ」

何人かは正気のまま帰ってきたとあって、あちこちから問いかける声もあがった。スカールにも呼びかける声があった。だが、それに答えるにはスカールは神経をすり減らしすぎていた。呼びかける声にいい加減に手を振り、ふらつく足を踏みしめて牢獄の片隅へ行くと、そこにあった藁布団《わらぶとん》の上に座り込み、壁にもたれて、丸くなって目を閉じた。まぶたが降りるか降りないかのうちに、意識が薄れた。

どれくらい眠ったのかはよくわからない。

なにか恐慌を起こしたような話し声とうなり声がスカールの眠りを破った。重い頭をあげ、糊で貼りつけたような瞼《まぶた》を擦《こす》る。またたく灯火をすかして部屋の反対側を見た。入れられている中で正気の者、十人ほどが寄り集まって、ひとりの男を取り囲んでいる。『祝福』を受けたものたちはそれぞれその場でぼうっとしているだけで動いていないが、動けるものたちは全員、横たわってうなっているその男を取り囲んで、動揺した顔つきをしていた。アニルッダひとりが落ち着いた顔で、男の頭のところに身をかがめている。

「どうした。そいつに何かあったのか」

「腹が痛い、と言っています」

アニルッダが静かに答えた。周囲からおずおずと同意の声があがった。スカールは頭を振って眠気を振り捨て、男のそばに近づいた。人の輪が開いて、スカールを通す。ちらつく松明の下では顔色がよくわからなかったが、苦痛にゆがんだ顔と、筋がくっきり浮き上がるほど握りしめられた手は痛みの度合いを物語って事足りた。四十歳ほどの男で、顎が四角く、旅商人風の服装といかつい肩をしている。歯をぎりぎりと食いしばっていて、きしむ音すら聞こえてきそうだった。

「どれくらい前から、こうなったんだ」

「さあ……だいたい、四半刻くらい前かな。食べ物が運ばれてきて、そいつを食ってしばらくしたら、こうなったんだ」

ひとりがおびえたように首をすくめて扉の方をさした。盆と何枚かの皿が投げ出されていて、少々の食いのこりのパンと干し魚が散らばっている。スカールが眠っている間に食事が差し入れられたらしい。

「腹が痛くなったのは彼だけか。ほかの者は？」

「ほかは……みんな無事だ。こいつも、みんなと同じものを食べたはずなんだが、急に苦しみだして……」

では食物に何かが入っていたという線はないか、と座りながらスカールは思った。もっとも、今この状態で、信徒たちのひとりにわざわざ毒を盛るようなことをする意味はない。ほかの者がなにも症状を起こしていないことからして、食中毒でもなさそうだ。

「誰かに伝えたのか？　助けは」

「呼んだ。けど誰も来ない」

ひとりが首を振った。

「のぞきには来た。けど、様子を見て、ちゃんと看病してやれって言っただけで、どこかへ行ってしまった。それきり、来ない」

罵《ののし》りをスカールはのみこんだ。信徒たちのひとりやふたり、急病で死のうがどうしようが、〈新しきミロク〉には痛くもかゆくもないということか。信徒どうし、人間どうし、助け合うのがミロク教という教えの心臓であるはずではないのか。

「おい！」

念のために大声で叫んでみる。

「おい、誰か来てくれ！　急病なんだ、ひどく苦しんでる！　誰か来てくれ、せめて毛布かなにか、看病できるものをくれ、おおい！　誰か！　誰か、いないのか！」

返事はやはりなかった。スカールは吐息をつき、病人の上にかがみ込んだ。手をのばすと、痛いほどの力でつかまれた。男の額に脂汗が粒になって浮かんでいる。つかまれた手はじきにしびれて感覚をなくした。

震える息をはきだしてスカールは手を離した。男の手は湿ってべっとりと冷たく、こわばっていた。体内に相当な苦しみをかかえている。戦場で、あるいは馬上での旅の途中で、スカールは何度もこうした病人や怪我人の現場に居合わせてきたが、それらの経験からしても、この男の症状が容易ならぬものであることはわかった。

「かけるものを集めてくれ。身体をあたためてやるんだ」

びくついた顔で肩を寄せ合っている皆に、スカールは声をかけた。

「どういう病気かはわからんが、身体を冷やすのがいいわけがない。藁と布を集めて、しいてやれ。身体の上にもかけるんだ、早く。もしかしたら冷たい石の床で冷えたせいかもしれん。とにかく、温かくするんだ」

皆は一も二もなく従った。牢獄に散らばっていた藁布団が集められ、男の下に敷きつめられた。毛布と着物、脱いだ上着やマントなどが身体の上にかけられた。うなり声をあげつづける男は気づいた様子もなかったが、すぐに周囲は、藁と布地の小山のようになった。

「どう思う」

ひとり冷静さを保っているアニルッダに、低声でスカールは尋ねた。

「医術の心得は私にもありませんが、この方の腹部に黒い影が見えます」

アニルッダはささやき返した。

「臍《へそ》の下、少し右側に寄った、下腹のあたりです。ぐるぐる動いていますが、散らばったり、大きく移動したりする様子はありません。以前、身体に悪い腫瘍《しゅよう》ができた方を見たことがありますが、その方に見えた影とは違います。腫瘍の影は紫のかった黒で、周囲にのばした根がまるで木の根か、触手のように見えました。これは違います。ただ、黒くて、同じところで、蛇が身じろぎするようにくねっているだけです」

「待て、どこだと言った。臍の下、右側に寄った下腹？」

スカールは言って、男に手をかけた。男がひときわ高いうめき声をあげ、周囲ははっと息をのんだが、スカールはかまわず男を仰向けにした。

「こいつの手足を押さえてくれ」

短く言って、男の服をまくり上げる。うすく脂肪のついた丸い腹がむき出しになった。臍のあたりから少々毛が生えて、下履きの中へと続いている。下履きの前を開き、ほとんど足のつけ根まで見えるようにする。

臍の下、右わき腹あたりに、妙に飛び出たか、盛りあがったかした部分があった。男が息をつくたびに、それがゆっくりもぞもぞ動く。皮膚の下で蛇かなにかがくねっているような動きだ。

「なにかわかりますか？」アニルッダがささやいた。

「確かではないが……一か八かだな」

唸《うな》って、スカールは男の腹に手を乗せた。男がまた悲鳴をあげる。

腹全体を手のひらを使って触診する。全体に膨らんでいるが、特に右の下腹あたりが妙な具合にこわばっていて、そこを触れられると男は身をよじって悲鳴をあげた。スカールは手を引き、唇をかんで考えた。それから意を決し、頭を上げて、周囲を囲んでいるものたちにむかって、

「しっかり手足を押さえていてやってくれ。それから、舌をかまないように、誰か布切れを。口にかませるんだ。そうだ。吐き出さないように、息を詰まらせないように、注意してやってくれ」

用意ができるまでスカールは待った。すっかり準備がととのうと、スカールは息を吸ってかがみ込み、指を曲げ伸ばしして、汗をかいて上下している男の腹に手を這わせた。くぐもったうめき声が、すぐに押さえた悲鳴に変わった。仲間は懸命に手足を押さえつけ、ばたつく身体に乗り上げている。アニルッダは男のひきつる手を握り、静かにミロクの経文を唱えていた。スカールは歯を食いしばりながら手を伸ばし、びくびく震える腹部を探った。

ぴんと張った皮膚の下に、うごめいている内臓が探り当てられた。異様な張り方をしている箇所を押すと、男の悲鳴と同時に、ぐるりと中ではらわたが動くのが感じられた。指を動かすと、皮膚と脂肪を通して、わずかに手触りの違う部分を感じる。

「アニルッダ、教えてくれ。あんたが見た黒い影というのは、ここか」

息を殺してスカールは尋ねた。「はい」経文を唱えるあいまに、アニルッダははっきりと答えた。

「いまあなたの指先に触れているのがそれです。ゆらめいていますが、動く様子はありません。あなたの手に押されて、内側へ滑りかけています」

スカールは返事を省略して、ぐいっと手を動かした。男の身体がはねあがる。必死になって仲間たちが押さえつける。スカールは力強く手を動かし、指に触れた固まりのような感触の部分をしごきおろすように、何度もぐいぐいと手を動かした。

手全体を使って何度もなで下ろし、もみほぐしていくうちに、最初はものすごかった男の悲鳴がしだいに小さくなってきた。触れるたびに跳ね上がっていた身体も落ち着き、ぐったりと四肢を投げ出す。

アニルッダは変わらず経文を唱えつづけている。様子を見ながら、スカールは慎重に手を動かしつづけた。指に触れていた堅いものがほぐれ、普通の手触りと変わらなくなってくるのを感じて、ほっと息をつく。

「スカール様？」

低い声でアニルッダが呼びかけた。もう一度、確かめるように男の腹をたどってから、大きく息を吐いてスカールは身を起こした。

「もう大丈夫だ」

男はぐったりと横たわったまま荒い息をついている。全身汗に濡れているが、生きているし、顔色も灰色からしだいに血の気が戻りはじめていた。スカールが手を伸ばして口にかませた布をとってやると、弱々しくせき込み、「ミロク様！」とかすれた声をもらした。

「治ったのですか？」

「たぶんな」

そばに尻を落として、スカールは自分の額にも吹き出していた汗をぬぐった。

医術の心得はないスカールだが、疝痛《せんつう》を起こした馬を扱ったことなら数百頭となくある。冷えや、運動不足、消化の良くない食物、環境による神経の負担など、さまざまな理由で内臓が故障を起こし、激しい痛みを引き起こす疝痛は、馬にとっては大きな問題だ。

人間の疝痛を扱ったことはなかったが、症状と感触が似ていたことから、思いきって試してみたのが功を奏したようだ。馬ならたっぷり水を飲ませたあと、引き歩きをさせて収まるのを待つのだが、ここではそのような療法は試せない。重症の馬を扱うときのように、腹をさすってもつれた腸を整復し、詰まった部分をほぐして、正常な状態に戻すやり方を試してみた。苦痛は大きかったようだが、うまくいったようだ。男は仲間に囲まれながら、大きな息をつき、ぼんやりした目で左右を見回している。

「水を飲ませてやれ。あるだけたくさん」

額をこすりながら、疲れた声でスカールは言った。

「人間の場合は歩き回るのがいいのかわからんが……温かくして悪いことはなかろう。水を飲ませて、身体をあたためてやれ。冷えと、消化の悪い食い物が悪かったのかもしれん。神経にも障っていただろうしな。とにかく水だ。少し飲ませて、吐き気がないようなら飲めるだけ飲ませろ。異常を感じたら、すぐに言うんだぞ。とにかく温めるんだ」

「ありがとうございます、ミロク様」

仲間に支えられながら、かぼそい声で男が言った。

「痛くて痛くて、死んでしまいそうなところをあなた様に救っていただきました。ありがとうございます、ミロク様。ありがとうございます」

スカールは動揺した。

「おい、やめてくれ。俺はミロクなんかじゃない。そんなものとは、何の関係もない」

「でも、あなた様がここにおられたのは、きっとミロクのお導きです」

別の男が言った。数人の仲間が異口同音に賛同した。すがるような視線を四方から浴びて、スカールは助けを求めてアニルッダに目をやった。

「ミロクはすべてをご存じです」

アニルッダは平静な顔で、静かに合掌した。

「私たちの苦痛を救うために、ミロクは恵みをもたらしてくださいます。私たちの知らぬことでも、ミロクはご存じです。たとえ地の底で、影に隠され、人々の目から覆われた場所であっても、常に、ミロクの光は慈愛をもって、私たちに降り注いでいるのです」

スカールは面食らったが、ほかの男たちはそうではないようだった。痛みで苦しんでいた男が、泣くような声をあげて手を合わせると、ほかの男たちも次々に従った。朗々とミロクの経文を唱えるアニルッダについて、合唱がわきおこった。苦痛から救われた男が頭上で両手を合わせ、吠えるような声でミロクへの祈禱を捧げると、仲間たちもそれに声をそろえた。うろたえるスカールのまわりで、ミロク教徒たちの敬虔《けいけん》な祈りの声が、清澄な響きをもって立ちのぼっていった。

2

――なんとか近くへ寄りたいもんだが……

ブランは女信徒たちの列を追って、神殿の裏手へと入り込んでいた。列を先導する兵士は大神殿の裏の小さな建物をぬって、奥へ奥へと進んでいく。途中で出会う兵士と礼を交換するのを見て、あわてて物陰に隠れ、背中を丸めて、目立たないように顔を壁に向ける。さいわい、行き来する人間は兵士以外にも多く、懸念していたほど目を引くことはなかった。

神殿はどうやらかなりな混乱をきたしているらしい。人の往来にはまとまりがなく、しょっちゅうどこかでぶつかった、足を踏んだ、荷物をひっくり返したなどで、騒ぎが起こっていた。ミロク教徒は荒い言葉を吐かないはずだが、あちこちで、らしからぬ罵声が交換されるのも耳に入った。おそらくは兵士のものなのだろうが、人という人がおそろしく気が立っているのがひしひしと感じられる。

よく見ると、何をするというのでもなくただおろおろとして、走り回っているだけの者もいる。なんという理由もなく泣き声をあげ、近くにいた兵士に殴り倒されるものも何度か見た。イェライシャとあのふたりの聖者が壊した〈ミロク大祭〉のミロク降臨のまやかしは、いまだに想像以上に信徒たちの上に影響をおよぼしているらしい。

ブランは直接見たわけではないのでそれがどのようなものであったかは想像するしかないのだが、どうやら、大神殿にいたものたちは、術の中心にいた分、影響が強いようだ。まだ夢を見ているような顔でふらふらしている人間を多々見かけるし、反対にすさまじく苛立っていて、ちょっと突き当たられただけでわめき出すような人間もいる。

『ここにいる者たちにとっては、真っ赤に焼けた炉床《ろしょう》からいきなり引きずり出されて氷水に投げ込まれたようなものなのだ。動揺もする』

どこからか小さな声がささやき、はっとして上を見た。ちらちらする蛍火がさっと天井の梁に隠れたような気がしたが、見間違いかもしれない。しかしとにかく、イグ＝ソッグは確かについてきてはいるようだ。

混乱は、いまのブランにとっては恵みだ。行き交う人々をよけながら進んでいく列を、見え隠れにブランは追いかけた。そしてようやく、ある建物に入っていくところをとらえた。

共同祈禱所を改装したらしい古い煉瓦の建物で、ほかにも連れてこられたらしい男女の信徒たちがあたりに固まっている。兵士は書き付けを入り口にいた相手に渡して何事か話し、中へ入っていった。引き連れられた女信徒たちも入っていく。あの、ひときわ目立っていた、黒髪で背の高い女も、少女を長衣のうちに庇《かば》うようにしながら建物の中へ消えた。

近くの飾りたてた祠《ほこら》のかげに身を隠しながら、ブランは考えた。スカールの居所を探さなければならないが、それにはまず、男信徒たちがどこに連れていかれているのか知らねばならない。集められている信徒たちは男女混合だが、入り口ではきちんと男女別に分けられ、それぞれに連れ込まれている。ミロク教の道徳からしても、男女が同じ部屋に入れられているとは思えない。少なくとも、違う部屋に分けられているのだろう。兵士を襲って問いつめるのは得策ではない。何しろここは人が多すぎる。あっという間に騒ぎになって、追いかけられるのが落ちだ。

「老師はどうした、イグ＝ソッグ。老師のお力で、スカール殿がどこにおられるのかわからんのか」

『ここでは老師のお力に頼るわけにはいかん』

何を言う、とでもいいだけなむっとした声が耳もとでささやいた。

『あの隔離された空間であれば察知されずに多少の力を使うこともできようが、ここはいまだに邪教の徒の中心地であるぞ。どんな危険も犯すことはできんのはわかっていてよさそうなものだ』

「もういい、わかった。……役に立たん年寄りめ」

　声を低めて呟いたのだが、イグ＝ソッグにはちゃんと聞こえていたようで、針のような刺激が首の後ろに突き刺さり、ブランは飛び上がりそうになった。くそっ、と息を殺して呟いて首をこすり、

「では、おまえ行ってスカール殿を探してきてくれ。おそらくあの建物の中に、集められた信徒はいるのだろう。おそらく男の信徒の中に、スカール殿もまじっているはずだ。見つけたら俺に教えてくれ、それならいいだろう」

『ふむ。なるほど、確かに理にかなってはおる。猪めには珍しい』

　声高に罵り声をあげそうになってぐっと言葉を呑み込む。

『よいか、うぬに言われたから行くのではないぞ。あくまで、理にかなった行動であるから行ってやるのだ。われの主は老師であって、うぬではないからな。このことで、われに仕事を命じることができるなどと思い上がるのではないぞ、猪剣士』

　偉そうにそう言ってきかせると、上の暗がりから星屑のような小さな光が飛び出て、祈禱所にすばやく舞いこんでいった。腹の底で考えつくかぎりの悪態をつきながら、ブランはしばらく、息をつめて人の出入りに目を凝らした。

　かなりな時間がたったように思えたが、実はそれほどでもなかったのだろう。表のほうから、大きなかごを背負った男が数人、よろよろと近づいてきた。かごには薄い堅焼

きパンと、干した魚が入っている。低い声で話しながら祈禱所に近づいていく。

「おい。どこへ行くのだ」

列がすぐそばまで来たところで、思いきって最後尾の男をつかまえて尋ねた。男はしょぼしょぼした目でブランを見つめ、

「あそこの背教者どもにめしを持ってってやるのさ」と顎をしゃくった。

「背教者？」

「知らんのか。ミロク様のご来臨を迎えなかった、不信心なやつらだよ」

男は肩をすくめた。

「まったく、あんな……そう、あんな、ありがたいもんを見ずにすませたなんてどうかしてる。なんでも、大導師様がじきじきにご命令を出されて、集められてるって話だが」

「大導師？」

「ご自身で祝福を与えられるって話だがね」

思わず問い返したブランの言葉を違う意味にとったのか、男は鼻をすすって暗い空を見上げた。

「いったいなんで不信心な奴らにそんなことが許されるのかわからんが、まあ、それもミロクのお慈悲ってものなんだろうよ。おかげで俺は、よけいな仕事までしょい込まさ

れにゃならん」

大導師……ブランはいそがしく頭を働かせた。イグ＝ソッグが見たらまた嘲《あざけ》られただろうが、これは好機だと、頭の奥で呟いた。

「そうか。まあ、不信心者もめしは食わなきゃならんからな」

気を取り直して、ブランは気がかりそうな顔を作って、相手の顔をのぞき込んだ。

「ところで、あんた。顔色が悪いな」

「そうか。だろうな。さっきからずっと気分が悪い」

男はいよいよ目をしょぼつかせて額に手を当て、かごをゆすり上げて涙目を袖でこすった。

「ミロク様のご降臨がなんだからやむやになっちまって、それからずっと、ひどく頭が痛いんだ」

「そうか。よかったら、荷運びを代わってやろう」

すかさずブランは言った。

「俺はさっき仕事を終わったばかりだ。寝る前にもうひと仕事して、功徳を積んでおくのも悪くない」

「うん？　そうなのか。そりゃ心がけのいいことだ。いや、助かる」

男はあっさり乗ってきた。ため息をつきつき背中を向け、かごを下ろす。ひったくる

ようにブランがそれをとっても気にした風でもなく、

「どうしたのかなあ。なにがあったのか、よく覚えちゃいないのに、なんだかとてもくらくらするんだ。あとでご祈禱でも受けたほうがいいのかもしれない。眠いような、むかつくような、とにかくひどい気分なんだ。あんたは、そんなことないのかい」

「いや、俺は大丈夫だ。あんたこそ、そんなに気分が悪いなら、静かなところでゆっくり休んだ方がいい。仕事は俺に任せろ」

「悪いな。あんたに、ミロクの祝福を」

「あんたにもな、兄弟」

男はかごをブランに預けて、ふらふらと神殿のほうへ戻っていった。ブランはほっと息をつき、かごを背負いなおして先をいく仲間に追いついた。もし拒否されたら腕ずくでもと思っていたのだが、素直にゆずってもらえて助かった。ふらつく足で歩いていくあの男も、もう少しで、首筋か腹に一撃をくらって物陰につっこまれるところだったのを避けられたと知れば、あるいは喜ぶかもしれない。

集団のひとりが入り口を守る兵士に鑑札らしいものを見せている。ブランが追いついてくるとどんよりした目で見たが、さっきの男同様、気分の悪さに苦しめられているようで、誰何《すいか》もせずに前を向いた。兵士が鑑札を返し、道をあける。かごを背負った男の列が中へ進むのに、ブランも従った。

中は両側に扉の続くせまい通路がまっすぐに伸びていた。聞こえてくる声からして、向かって右が男、左が女とわけられているらしい。全員がどれだけいるのか知らないが、ここにみんなが集められていることをブランは祈った。もし別のところにも信徒の集められる場所があって、スカールがそちらにいたなら、すべては振り出しに戻ってしまう。

男たちはそれぞれ荷を降ろすと、それぞれを決まった数の山に分け始めた。兵士たちが並べておいたらしい大皿にそれをのせ、椀に入れた水をそえる。干し魚の生臭いにおいのするそれを盆に載せて持ち上げ、それぞれの部屋にくばりはじめた。ほかにどうしようもなく、見よう見まねでブランも手伝った。

魚臭くて退屈な作業が続いた。祈禱中の食事のためか、扉には細い切り穴がついていて、そこから皿や盆を滑り込ませるようになっている。さらに上方には顔の半分ほどの大きさののぞき穴があけられていて、木の格子がついて中が見渡せるようになっている。

祈禱所はかなり大きく、内部でいく棟にも分かれていた。入れられている人数はひと部屋に多いときで十人ほど、少ないと二、三人というところだったが、みな呆然としているか、でなければ、打ちのめされてじっとしているかで、反抗するものは誰もいない。ミロク教徒の穏和さからかもしれないが、あの熱狂に感染しなかったものでも、やはり、影響はまぬがれきれてはいないのだろうと思われた。

いくつかの部屋を回るうちにブランは気づいたのだが、信徒の中に、様子のおかしいものがいる。単にぼうっとしているとか、気分が悪いとかいうのではなく、意識があるのかないのかもよくわからない度合いで、うつろな目をしてただ宙を見上げているものがいるのだ。

部屋の全員がそうなっているところもあったし、数人がそうなっているところもあったが、あきらかに彼らは異質だった。あたりの仲間たちからも切り離されて、なにか別の精神に閉じこめられてでもいるかのような不気味さを感じた。

一度、列を作って部屋に戻されてくる信徒の列と行きあった。明らかに皆、催眠にかけられたような焦点のあわない目をして、亡霊のようにおぼつかない足取りで歩いてくる。ひとりなどはもう少しでブランにつまづきそうになったが、気づいた様子もなく、そのままふらふらと部屋へ入っていって、口を開けたまま壁のそばに座りこんだ。弛緩《しかん》しきった顔は、どう見ても正気のものとは思えなかった。

――このためか。信徒を集めているのは。

皿を床に置きながら、ブランはこっそり歯嚙みをした。先ほど、ブランにかごをゆずった男は、「大導師が祝福を」と口にしていた。大導師、というのは、礼のあの蛇人間、カン・レイゼンモンロンだ。あの異生物がまともな祝福など与えているわけがない。おおかた、うまく催眠にかからなかった人間に、さらにしっかりした深い催眠を自らかけるために、こうやって集めているにちがいない。

――大変だぞ……！

もしそうだとしたら、早くスカールを見つけなければ、カン・レイゼンモンロンの前に連れていかれ、催眠をかけられてしまうかもしれない。あの人物に邪教の走狗となってしまわれては一大事だ。

スカールはどこにいるのだろう。イグ＝ソッグはまだ戻ってこない。いくつかの房に食事を配って、その度にちらちらと中をうかがったが、それらしい姿はない。できるだけ素早く動いて、男女両方の房に入るようにしたが、どちらにもまだ見覚えのある姿はない……。

――くそっ、まったく、必要なときに役に立たないのが魔道か。

心の中でそう毒づいたとき、切り穴の横から伸びてきた手が、ふいに思いがけず強い力で手首をつかんだ。

ぎょっとしてブランは反射的に身を引こうとした。

相手は許さなかった。浅黒い、女のしなやかな腕だが、力はそこらへんの男以上だ。切り穴から手を伸ばして鉄のような握力でブランの手首に指をくいこませ、ぎりぎりとしめつけてくる。ブランは漏れそうになったうめき声をこらえた。

「あんた。さっき、あたしたちを見てた奴だね」

鋭いささやき声が耳元でした。

ブランが視線を上げると、壁に張りつくようにして、長い黒髪の、浅黒い肌をした長身の美女が、刺すような目つきで格子越しにこちらを睨んでいた。

「何のつもりだい、こんなところまでもぐりこんできてさ。どこの人間だい？　こそこそうかがわれるのは好きじゃないんだ。いったい、何がしたくてこんなとこまでもぐりこんできたんだい」

外で目立っていた、あの女だった。確かザザ、といった。そばにはあの小さな少女が、おびえたようにしがみついている。

「俺は……ただの下働きだ」

どう返事すればいいのかわからず、ブランはそう答えた。手首をもぎ離そうとするが、すさまじい強さでまったく動かない。

「下働き？」女はますます目を細めて剣呑《けんのん》な顔つきになった。

「嘘をおいいでないよ。ただの下働きがそんな油断のない物腰をしてるもんか。あんたの動きは間違いなく剣を扱いなれてる人間のものだ。このザザさんの目をなめるんじゃないよ。戦士ってやつならいやってほど見慣れてる。どこの人間だい、ゴーラかい。パロかい。ケイロニアかい」

ぎりっと手首に力が加わった。

「白状するまで放しゃしないよ。腕をもぎとられたくなかったら、さっさとおいい」

「わかった。わかったから力を緩めてくれ。本当に手がもげそうだ」

　どうやらこの女もただ者ではないようだ。腹をくくって、ブランはいよいよ声をひそめてささやき、あたりを見回した。ほかの下働きたちは黙々と食事を配ってまわっていて、こちらを見ている者はいない。

「俺はこの邪教の都からある人物を救いだそうとしている者だ」

　とブランは名乗った。

「ヴァラキアのブランという。ここには別れた仲間を見つけるために忍び込んだ。おぬし、壮年の剣士をここで見かけなかったか？　痩せ形で黒い髪と目の、草原生まれの剣士なのだが」

　といいかけて、ブランは言葉をとぎらせた。ザザの細い指が万力のような強さで手首をしめつけたのだ。

「ブラン！」とザザは呟き、すばやく指を解いた。ブランが皿を落として手首をなでているのを知らぬ顔で、「ブラン！」と繰り返した。大きな黒い瞳がまん丸く見開かれている。

「ブラン！　あんたがブランなのかい。鷹から聞いてるよ、沿海州の騎士。ヤガに人探しに潜入してるってのはあんただね。もう探し人は見つかったのかい？　鷹を探してるって？」

「スカール殿を知っているのか」

皿を拾うのも忘れて、ブランはザザの手をとらえた。なめらかな皮膚の下に鋼のような筋肉が感じられるしっかりした腕だった。

「あたしは鷹といっしょにここまできたんだよ」ザザはうなずいて身をかがめ、皿を拾うふりをしてブランの耳に口を近づけた。

「あのミロク大祭の大騒ぎに巻き込まれたんだけど、催眠にかからないってんで一網打尽《いちもうだじん》にここまで連れてこられちまったんだ。多勢に無勢だったし、ちょいと事情もあったもんで、おとなしくここまで引かれてきたんだけどね。あんた、ひとりなのかい？　ほかに仲間は？」

「いる。——まあ、とりあえずは仲間、といっていいのだろうが」

ブランの口調が迷いを含んだものになったのは、あの困りものの聖者たちとまたたく蛍火、役にも立たぬ大魔道師を思い出したからである。

「目当ての人物も救い出して、いまは皆で身を潜めている。老師イェライシャが、スカール殿の捕らわれるところを遠視なさったので、俺がこうして救い出しにやってきた」

「そうかい。それなら、これ以上こんなとこに我慢していなくってもいいね」

安堵したようにザザは言うと、くるりと手を回した。その指先に黒い羽根が踊ったかと思うと、扉についた錠前がカチリと音を立てた。

驚いているブランの前で、ザザはするりと房を抜けだし、連れていた少女も肩を抱いて連れ出した。さらにくるりと手を回すと、房内にはザザそっくりの黒髪の女と、少女の二人連れが現れ、藁の上でまるくなった。

「なんと。おぬし、魔道師か。それとも魔女か」

度肝を抜かれてブランは尋ねた。ザザは鼻を鳴らした。

「あんなどんくさい奴らといっしょにしてほしくないね。はばかりながら、黄昏の国の女王のザザさんさ。そんなことより、鷹を探さなくっちゃ——おや。妙なにおいがするよ」

鼻筋にしわを寄せて、ザザは宙を仰いだ。つられてブランが上を見ると、ちかりと天井あたりで何かが光り、青白い光がとんできた。

『おい、猪、猪。見つけたぞ。ここからふたつ棟をこえた先の房にいる』

イグ＝ソッグはくるくると回ってブランにまつわりついた。ふと空中で止まってまばたきするように明滅し、くるくるまわりつつ、

『ふん、珍しいものがおるな。妖魔か。いったいどこから迷い込んできたのだ、鴉めが』

「あんたみたいなのに鴉呼ばわりされる覚えはないね」

ザザは眉をつり上げた。

「なんだい、こいつは。妙なにおいがするじゃないか。魔道の生き物みたいだけどさ」

「まあその、確かに魔道の生き物なのだが……妖魔？」

ブランはまばたきしてザザを見つめた。「妖魔だと？」

「そうさ。風をくらった雀みたいな顔してんじゃないよ、馬鹿だね。さっさと行って、鷹を助け出さなきゃならないんだろうが。さあ、ぼやぼやしないで、行くんだよ」


ブランはザザという女――妖魔？　を連れて、おそるおそる祈禱所内を歩いた。はじめはザザがあまりに堂々と歩くので肝を冷やしたが、「あたしにかかりゃ人の目に映らないようにするくらいお茶の子さ」と笑われた。

「ここでは魔道のわざは使えないのではないのか。目立ってしまう」

「あたしの力は魔道なんてのとは別物さね。ただちょっと人の気分に働きかけて、こっちを見る気にさせない、見たって気がつかないようにするだけのこったもの。忍び歩きの技を使ってるようなものさ。悪人に見つかるほど間抜けなザザさんじゃないよ」

確かに周囲を歩いている下働きや兵士たちは、堂々と歩いているザザや少女、ブラン、それに頭上を浮遊している怪しい蛍火などを見てもすぐ視線をそらしてしまうか、はじめからこちらを向こうとしない。

妖魔と言っていたが、ブランにとっては、妖魔も魔道師も魔女もみな似たようなものである。あの黒人女の魔女を思い出すと肌がむずむずしたが、とにかくこの女は、今のところ自分に悪いことをする気もないようなので我慢した。スカールといっしょにここまで来たというのならば、それなりに理屈のわかる存在なのだろう。

それに、連れている少女を扱う優しい手つきにも、好感が持てる。きっぷのいいしゃべり方もそうだが、ねばりつくようなあの黒い魔女とは違って、ごくさっぱりとした気性の持ち主らしい。〈新しきミロク〉にどういう理由から反抗するようになったのかはわからないが、とりあえずは、聖者や大魔道師などよりよっぽど頼りになりそうだ。

それでも、武装した兵士の鼻先を足を忍ばせもせず歩くというのは妙な気分だった。ブランは知らずつま先立って歩いており、気づいたザザに笑われた。

「おや、抜き足、差し足ってわけかい、沿海州の騎士さん。このティンシャでさえ堂々と胸を張って歩いてるってのに、ちょいと肝っ玉が小さかないかね」

『愚かな猪なのだ。自分の理解できぬことはことごとく信じぬ』

上からイグ＝ソッグがあわれむように言った。ブランは舌をかんでこみあげてきた罵言をこらえた。

こみあう祈禱所を歩き抜けていくうちに、壁の向こうから、熱烈な祈りの声が聞こえてきた。少なくとも十人ほどの男の声が、そろって声高にミロクの経文らしきものを唱えている。

角を曲がると、扉の前に集まった兵士たちがなにか騒ぎ立てていた。中からはとどろき渡る祈禱の合唱が聞こえる。

「おい、うるさいぞ、静かにしろ」

のぞき窓に顔をくっつけるようにして兵士が怒鳴っていた。

「祈るならば大導師様の御前に行ってからにしろ。こんなところで祈るんじゃない。おい、黙れ、黙れというに」

槍をつっこんで脅すような仕草をするが、それはますます祈りの声を高めただけだった。熱狂的な祈りの中から、ひときわ澄んで高く、朗々とした祈りの声が聞こえる。テインシャがさっと顔をあげ、小さく唇をうごかした。

「俺たちがあれだけ呼んだときにこないで、今ごろくるとはどういうことだ」

びんと腹にひびく声が兵士に言った。

「お前たちはミロクに仕える人間なのだろう。ミロクに仕えるものが、ミロクに祈るものをとがめる法はないぞ。苦しむものを放置し、祈りをやめさせようとするとは、お前たち、どういう了見なのだ」

「――スカール殿！」

ブランは小さな声で叫んだ。
四、五人の兵士が扉の前に群れていて、それぞれに渋面を作ったり退屈そうにあくびをかみ殺したりしている。何が起こっているのかはわからないが、すぐに対立が起こるということではなさそうだ。

ブランはザザを顧みたが、そのときには、ザザはすでに行動を起こしていた。彼女はつと進み出ると、指先で次々と兵士の鼻先をなでるようにした。不機嫌そうに扉の前に群れていた男は、ふとなにかに気づいたように視線をそらし、わきを向いた。退屈そうにしていた男は、壁にもたれて立ったまま眠りはじめた。

ほかの男たちもそれぞれよそ見をしたり、用事を思いだしたかのように急にどこかへ歩いていってしまった。ほどなく、扉の前には誰もいなくなり、信徒たちの高い祈りの声だけが響きわたるようになった。

「スカール殿」すばやく扉に張りつき、声を殺してブランは呼びかけた。

「スカール殿！」

房の中心に横たわった男がいて、その周囲に何人かの信徒たちが座り、そろって合掌して熱心に経文を唱えていた。頭のほうに、きれいに頭を丸めた若い男が座り、横たわった男の手を取って澄み切った声で祈りを先導している。足のあたりに膝をついていた男がさっと振り返って、ブランを見、いぶかしげにまばたいた。

「ブラン？　ブランか？」

「スカール殿！」

こらえきれずに、格子にとりついてブランは叫んだ。飛び立つようにスカールは立って、近づいてきた。格子ごしに顔を寄せ合って、

「なぜここに、ブラン？　ヨナ殿やフロリーは救い出したのか？　まさか、お前もとらえられたのではあるまいな」

「そうではない、あなたを救い出しにきたのだ。スカール殿」

喜びに満たされてブランは格子を握りしめた。

「ヨナ殿とフロリー殿は首尾よく発見できた。いまはイェライシャ老師とともにいる。老師が、あなたが捕らわれる様子を遠視されたので、俺がここまで助けにきたのだ。さ、早く、ここを出よう」

「あたしもいるよ、鷹」後ろからザザが言った。

「早くしとくれ。目隠しのわざを使っちゃいるけど、あんまり長くなると人目を引きかねないからね」

「うむ、だが少し待ってくれ。アニルッダ」

スカールは振り返って、呼びかけた。横たわった男の手を取っていた頭を丸めた青年がつと顔をあげた。

「アニルッダ、俺の連れが助けに来た。そなたもいっしょに来てくれ。ぜひ、会わせたい相手がいるのだ。邪教にむしばまれたヤガを救うために、ともに来てほしいのだ」

「ここにいらっしゃるみなさんを、捨てていくことはできません」

　青年は静かにかぶりを振った。祈りをあげていた男たちは突然あらわれたブランたちにぎょっとした様子で祈りをやめ、目を光らせてこちらを見ている。動こうとしない青年に、ブランはじれた。

「そんなことを言っている場合ではない、早く、ここから立ち去らなければ……」

「いや、待て。いい方法かもしれんぞ」

　考えていたスカールがふいににやりとした。

「〈新しきミロク〉は混乱している。もう一つ、新しい混乱のたねを与えてやるのも悪くなかろう。ここに集められた人々は罪なくして邪教のあぎとにかけられるべく集められたものたちだ。解放できるなら、解放してやったほうがよい。ザザ」

「なんだい」

「この牢の鍵をあけるのと同様に、ほかの牢の鍵も開けることはできるか」

「朝飯前だね」

「ではやってくれ。連れてこられた人々を一気に解放するのだ。まだ正気な人々が逃げ出せるようにはからってやれ。〈新しきミロク〉の実体が外に漏れるならそのほうがよい」

「はいよ、わかった」ザザは両手をあげた。

「ちょいと派手になるけど。胸くそ悪い鍵を壊せるってんなら、いくらだってやってあげるよ」

そのとたん、ばちんという音が祈禱所の各所で響いた。中にいた男信徒たちが驚いてざわついた。扉が大きく開け放たれ、強い風に吹かれているかのようにばたついたのだ。

両隣、そして、その次につづく房の扉もみな同じようにぶらぶらしていた。スカールはアニルッダを手招いた。少し考える仕草をしてから、アニルッダはゆっくり立ち上がり、こちらへやってきた。ザザにくっついていたティンシャがそばへ走りより、手をとった。手の中に少女の指を感じたアニルッダはにっこりと微笑み、少女の髪を軽くなでた。叫び声がして、通路の向こうからあわただしく駆けてくる足音が乱れた。

「奴らがきたぞ」とブランは言った。

「相手をするか？」

「いや。武器もないし、時間もない。外へ出る道をつけるだけにして……」

『道ならばここにあるぞ』

頭上でイグ゠ソッグが偉そうに言った。

『老師がわれをただ送り出されただけと思っていたのか。こうするのだ』

蛍火が燃え上がり、強烈な光輝があたりに広がった。兵士たちの悲鳴や怒鳴り声が徐々に遠くなっていった。目を突き刺すまばゆい光にブランは両腕を目にあてて顔をそむけ、暴風に耐えるかのように身を折った。ほとんど圧力を感じさせるかのような光が背中にあたった。ふわりと足もとが浮き、そのまま空中に落ち込んでいくかのような不安定な感じがした。

ふいに足がたいらな地面についた。ブランははっと目を開け、愕然として頭を振った。あたりはぜいたくな部屋で、足の下は絨毯をしきつめた床だった。灯りがまたたき、調度の黄金や磨きぬいた木が光っている。白い鳥のような老人と、黒髪の若者と娘、しぼんだのとやせこけたの二人の老人が、立ってこちらを見ていた。

「くそったれめ」ブランは言った。

「そんなことができるのならば、最初からしてくれればよいではないか」

3

「スカール様！」

　涙声でヨナがぶつかってきた。青白い顔をくしゃくしゃにしながらスカールに飛びついてきて、胸に顔を埋める。彼らしくもない子供っぽいふるまいだったが、長い緊張と、心労が一気にせきを切ったのだろう。スカールは黙って手をあげ、若者の頭をさすってやった。そばでフロリーも大きな目に涙をため、今にも泣き出しそうに震えている。

　もとヨナが監禁されていた部屋の閉鎖空間、ヨナ、フロリーをはじめ、イェライシャ、ヤモイ・シン、ソラ・ウィンの五人が顔をそろえている。そこにむくれているブランとイグ＝ソッグに加え、スカール、ザザ、アニルッダとティンシャの四名が加わって、空間内は一気に人が増えた。

「ほ、また、新しい顔が増えたぞ、ソラ・ウィンよ」

「ふん、いずれにせよ、ミロクの教えを守るようなやからではなさそうな顔つきだ。まだヤロールを連れてこぬつもりか、猪武者めが」

二人の聖者はあくまで自分たちの調子を崩さない。

「ご無事でいらっしゃったのですね。スカール様」

フロリーの声は涙でかすれていた。

「老師にお話をお聞きしたときには、どうなることかと思いましたが……みなさま、ご無事でほんとうにようございました。わたくしのような者まで気にかけていただいて、ほんとうに、お礼の言葉もございません」

それからふと心配げな顔つきになって、おずおずと周囲を見回し、

「あの、わたくしの坊やは、スーティは、いっしょではないのでございますか。老師のお話では、スカール様とともにいるとのことでございましたが、坊やはどこにいるのでございましょうか」

とっさにスカールは返事につまった。

「ああ、スーティはな、スーティは、うむ――」

「話せば長いことになるのさ。あんたがスーティのお母さんだね」

ザザが進み出てきてフロリーの腕をとった。

「へえ、ほっぺや眉あたりがあの子によく似ているよ。あたしはザザ、いろいろあって、鷹やスーティ坊やといっしょに旅することになったものさ。安心しな、坊やはちゃんと無事で、安全なところにいるよ」

そのままザザはかたわらへフロリーを連れていき、静かな調子でスーティについての事情の説明をはじめた。女の対応は女どうしにまかせておくことにして、スカールはそのままイェライシャに歩み寄った。

「老師、お助け感謝する。大神殿に入ることができればブランと合流できるかと思ってのことだったが、なんとか出会えて良かった。ブランが探しに来てくれたので助かった」

「ふむ、それは、われよりもブランに感謝してやれ」

老いたる大魔道師はゆったりと微笑して、片隅でふくれているブランをさした。

「われはこの中では大っぴらには力を使えぬでな。どうしてもブランに苦労をかけてしまう。今そなたらをこの空間に引き寄せたのはイグ＝ソッグを媒体にして一時的に力を集中させたのだが、そなたを探しに出たのはブランの働きよ。われはただ、遠視の術でそなたが神殿に連れ込まれるところを感知したにすぎん」

「それでも、感謝する。あのままいけば、俺たちは大導師とやらいう蛇の化け物に、洗脳の術をかけられるところだったのだ。あやういところであった」

『それで、いったいなぜ、この男は邪教徒にとらわれるような羽目になったのだ』

頭の上をぶんぶん顫音をたてて飛び回っていたイグ＝ソッグがきいた。

『老師がおっしゃられた時には、確か子供を連れて老師の作られた結界の中に身を隠していたはずであったぞ。いったい何がどうして、こんなところまでふらついてきたのだ。子供はどうした。そこの女と、男と、子供はいったい何者だ』

「ああ、うむ、それについては、長い話があるのだ」

スカールはほっと息をつくと、その場に座って肩をほぐした。つられるようにヨナが座り、イェライシャがゆらりと腰を落とし、アニルッダとティンシャもうながされて座って、最後にぶすっとしたブランもそっぽをむいたまま腰を下ろした。

「俺はスーティといっしょに、老師の作ってくださった小屋に身を隠していた。はじめは何事もなかったのだが、そこへ、しゃべる妙な鴉と、巨大な白銀の狼が現れて――……

……」

スカールが長い物語を終えると、厳粛な調子でイェライシャが言った。

「話はようわかった」

「黄昏の国の女王と狼王に出会うたことも、かれらに導かれて妖魔の国に至ったことも、すべて、星の導きであったのだろう。〈ミラルカの琥珀〉と言ったな。それが今、スーティ坊やの手にあるのだな？」

「そうだ。ヤガの異変を察知したので、こちらへ来るときに、スーティの身の守りとして残してきた。あとからウーラも送ったから、スーティの守りは万全のはずだ。琥珀は何よりもスーティの身を優先するし、ウーラは命をかけてもあの子を守ることだろう」

「あの、わたし、よくわからないのですが」

そばへ来て、話を聞いていたフロリーがおずおずと口をはさんだ。

「その、琥珀、というのは、人間ではないのでしょうか。それに、狼、というのは。その狼は、スーティにかみついたりはしないのでしょうか。スカール様のお言葉をうたがうのではありませんが——」

「母の心として、心配なのはわかる。常識からして、なかなか納得しがたいこともな」

やさしくスカールは言った。

「しかし、ここは信じてもらうしかない。琥珀は俺の命令には従うし、人間ではないとはいえ、それ以上の不思議な力を持ったものなのだ。またウーラもノスフェラスの狼王として、なみの人間以上の知恵と、強大な力を持っている。そのふたつが守護者として、スーティの安全を守っている。

さらにこのザザも、スーティを守る結界を施して、そこから出ないように、スーティには強く言い聞かせてある。いますぐ再会させてやれぬのはなんとも気の毒だし、もどかしいことではあるが、もうしばらく辛抱してくれ。スーティは安全だ、この俺が約束する。あの子がどんなに賢い、よい子か、母のそなたがいちばんよく知っていることであろう」

「ああ」フロリーはあらためて涙にかき暮れた。「スーティ。坊や、わたしのスーティ坊や」

「納得しがたいのはフロリー殿だけではないぞ、スカール殿」

むくれた顔のままでブランが呟いた。

「妖魔だの、魔法の宝玉だの、なんだの——あなたはそのような、怪力乱神を語らぬお方だと思っていたのだが」

「そうは言ってもな、ブラン、実際目の前にいるものを、否定するわけにもいくまい。俺は実際に妖魔の国を旅し、この目で琥珀が生まれて、妖魔の民たちに別世界への扉をひらくのを見届け、ザザやウーラが、変幻自在に姿を変えるのを何度も眺めてきたのだ」

「なんだい、頭の固い猪だねえ」

近くで退屈そうに膝をかかえていたザザがいい、一瞬にしてくるりと鴉の姿に変わった。ぎょっとして腰を浮かしたのはブランだけで、カメロンはじめ、イェライシャも聖者たちも、アニルッダも平然としている。フロリーだけはすこし目を丸くしたが。

『自分の目に見える世界だけが世界だなんて思ってるのは、大きな勘違いさ』

そういって、鴉の姿のザザは、嘴をひらいてカアと鳴いた。

『この宇宙にゃ、あんたなんかの思いもかけないいくつもの世界があるのさね。あたしたち妖魔なんてのもそのひとつにすぎない。あたしら程度で驚いてちゃ、猪さん、あんた、肝の落ち着く暇もないよ』

「やかましい」

動揺したことが恥ずかしく、ブランはぶすっと言って顔をそむけた。ザザは嘴をカタカタ鳴らして笑い、鴉の姿のままちょんちょんと跳ねてスカールの膝にとまった。イグ＝ソッグの笑い声が頭の上から降り注いだ。

「それで、スカールよ」

イェライシャが息をついて、

「こちらの方々はどのような理由で同行されたのかな。これまでの話では、彼らがここへ来る理由はなかったように思えるのだが」

「いや、聞いてくれ、老師。実は、こういうわけがあるのだ」

続けてスカールは、アニルッダがミロク大祭の惑わしにまったく影響されていなかったこと、目でものを見ることはできないが、その代わり、ものごとの真の姿を見抜く力に恵まれていることを話した。先ほど、房内で信徒たちの先に立ち、祈りを唱導したこととも話した。その上で、いまのヤガを邪教の徒から解放するためには、キタイの息のかかった指導者たちではなく、あらたに、真のミロクの教えを伝える指導者をたてるべきであるという意見をのべた。

「それは、われわれも考えたことではある」

考えこむようにイェライシャはいった。

「すると、スカールよ、そなたはこのアニルッダ——という若者が、その指導者たる力を持っている、というのかな」

「俺は宗教には詳しくないし、ミロク教というのもよくはわからんが」

静かに座っているアニルッダと、その隣で腕にすがっているティンシャを見やって、

「この若者がそれなりの力と信仰を堅持しているのはわかるし、邪教に汚されたヤガには、あらためて正しい信仰を広める人間が必要なのもわかる。ならば、この若者をたてて悪いことはなかろう。そちらのご老人、そのお二方には、その気がないというのならなおさら」

ヤモイ・シンとソラ・ウィンの二名をさして言う。彼らがどうしてここにいるか、どういう人物であるかは、長い話の途中に差しはさむ形で、ブランから語られていたのである。

「なんぞ、われらに用事があるようであるが」

ヤモイ・シンがのんびりと言った。ブランがげっそりして陰気にうめく。ソラ・ウィンがきびしい目をして睨みつけ、

「はようヤロールを連れてこぬか、猪め。さもなくばわれらのほうから、あの者のもと

へ出向かねばならぬ」

「お静まりくだされ、聖者がた。はて、アニルッダ、――と、呼べばよいのかの」

二聖者のほうを穏やかに抑えておいて、イェライシャはアニルッダに向き直った。

「そなた、どう思う。今の話は聞いておったな。ヤガが〈新しきミロク〉なる邪教によって乗っ取られかけておることは、スカールより聞いてのとおりよ。そなた自身、それを感じたこともあろうかと思う。その上で、どうだ、そなた。スカールの考えに協力し、いつわりの教主どもを破り、正しいミロクの教えにヤガの人々を導き戻す考えがあるかの」

「私に――でございますか」

閉じたままの瞼をイェライシャに向けて、アニルッダは首をかしげた。その超常の視力によって何を見たにせよ、イェライシャに見たものは不快なものではないようだった。

細い眉が驚いたようにあがり、唇が、ほのかな微笑の形にゆるんだ。

「不思議な方々でございますね」

とアニルッダは呟いた。

「ここにいらっしゃる方々はどなたも、程度の違いはあっても、私の目にはとてもまばゆく輝いて見えます。ことに、お年寄りの方々――そちらのお二方、それに、いまお話しになっているあなた様」

イェライイシャに向かって丁寧に一礼し、

「あなた様は、まるで雪の湖の上に輝く朝日のごとく、純白のまばゆい光として映ります。そしてあちらの方々は」

ヤモイ・シンとソラ・ウィンのほうを向いて、

「金と紫に、紺碧《こんぺき》に、そして緋色に。まるで山にゆらめく極光のように、色とりどりに美しく、目くるめく光として映ります。どのお方も、私などにはとうてい及びもつかぬ深い知恵と徳の持ち主であられると存じます。そのような方々に、私のような未熟の者が、どんな力をお出しできるとおっしゃるのでしょうか」

「そなたはなにもせずともよいのだ、アニルッダ」

なだめるようにイェライイシャは言った。

「ただ、そなたはそなたとして、正しい教えを人々に思い出させる役目をしてくれればそれでよい。ほかのことは、われらがする」

「よせ、よせ、若いの。面倒なことに引き込まれるだけよ」

わきからヤモイ・シンが口をはさんだ。ソラ・ウィンは感心せぬというように首を振り、

「何をさせようとしておるか知らぬが、その若者が真にミロクの徒であるならば、人々の迷妄に介入させるということはいかがなものか。かの迷いはミロクより下された試練

であり、それに人が迷うのもまた修行の一つである。他人の手によってそれを妨げるなどというのは言語道断」

「黙っておれ、くそじじいめ」とブランがこっそり唸る。イェライシャは静かに聖者に向き直り、頭を下げて、

「それに関しては陳謝するしかない。われはわれなりの理由があって、どうしてもこのヤガから異界の力の影響を吹き払わぬわけにはいかぬのだ。

　ここにキタイの竜王の大きな力が渦を巻くことによって、次元の均衡が大きく崩れておる。放置すれば、この場所に巨大な時空の陥穽《かんせい》が口を開け、竜王の故郷たる異次元の空間と、ここことが、直接つながるような事態になるかもしれぬ。

　そうなったら、時空連続体はよじれ、この世界線そのものが、縒《よ》りすぎた楽器の弦のようにねじきれてしまうかもしれん。われは白き魔道師として、また広がる多くの多元世界を見つめるものとして、そのような事態を座視するわけにはいかんのだ」

　とまどったような空気が漂った。大魔道師の言葉を理解できたものは誰もなかったが、皆の気分を代表するように、アニルッダが静かに口を開いた。

「あなた様のおっしゃる言葉はとても難しい——私のような者には、とうてい知ることのできない深遠な知識を語っておられると思います」

　彼は心配げなティンシャの手をとって両手で包みながら続けて、

「けれども、このヤガがミロクの御心にかなわぬ教えによって満たされようとしているのはわかります。そちらのご老人がたはそれもミロクの御心だとおっしゃいますし、それもまた、そうあろうとも存じます。けれども、ここに皆様がいらっしゃり、私に、ヤガに満ちるあやまった教えをただしてもらいたいとお望みになるのも、またミロクのお導きではないかと思うのです」

「うぬぼれの迷妄に陥ってはならぬぞ、若者よ」

ソラ・ウィンが気むずかしげに口をはさんだ。

「そなたはミロクその方ではない。正しき信仰を教えることができるのは、ミロクおひとりである」

「はい、そのことは、ただひとときも忘れはいたしません」

アニルッダは見えない目をソラ・ウィンに向けて頭を垂れた。

「私はただ、ミロクに祈ること、心を一にしてただ祈ることのみがわれらのなすべき業であることを、人々に思い出していただこうと思うだけです。お金も、ぜいたくな供物も、華やかな儀式も、大きな建物も、なにも必要ではない……ただ一心にミロクを念じ、その道よりそれぬことを祈念する、それのみがわれらの信仰であることを、いまいちど、知らせたいのです。献金も供物も儀式も、人の目を驚かすことはできましょうが、それらによって引き起こされる陶酔や満足が、信仰による充足と取り違えられることがあってはなりません。ミロクへの祈りは唯一の魂のやすらぎ、そのことを、立ってはっきりと知らせたいと思うのです」

「やれやれ、若い者は元気がいいわい」ヤモイ・シンがほっと吐息して首を鳴らした。

「まあ、わしらはヤロールの迷妄をはらしてやればそれで良いことではある。ミロクの智慧は広大無辺にして微妙《みみょう》不可思議、確かにこの若いのがいまここにいて、この者どもと語らっておることもその御心といえんこともあるまい。わしらはわしらのやることをやろうではないか、ソラ・ウィンよ。面倒ごとは若いのに任しておればよい」

「では、きまったな」

ほっとした空気が漂う中、イェライシャがとんと床を鳴らした。

「それでは、これから企てを考えようではないか。まず、われらのなすべきは――」

言いかけたところで、ふと言葉をとぎらせた。

ブランは半分腰を浮かし、「地震か」と口走った。スカールは膝を起こして、よろめいたフロリーを支えた。ザザはギャッと鳴いて天井近くまで飛び上がり、イグ＝ソッグとぶつかりかけてギャーギャーいいながら飛び回った。アニルッダは青ざめたティンシャをしっかりと支え、二人の聖者だけが泰然としてそこにあぐらを組んでいる。

地の底からわき上がってきた震動は見るまに空間全体に広がり、ガタガタと机が揺れ出した。椅子が倒れ、クッションがずり落ちる。壁にかかった綴織がはたはたと揺れ、壁の灯火があぶなっかしくふらついた。

ブランは立ち上がり、ぐらついて手を壁について身体を支えた。揺れはどんどん大きくなり、部屋全体が巨人の拳にのせられて、上下左右に揺さぶられているようなありさまだ。イェライシャがさっと手をあげ、宙を飛んできた小簞笥をはねのけて、滑ってきた卓を横へ弾いた。

「なんだ。なにごとだ」

スカールも立った。ザザが騒ぎ立てる声がかしましい。ものすごい勢いで明滅しながら、イグ＝ソッグが高速で部屋の中を飛び回っている。

『魔道のにおいだ』イグ＝ソッグがきんきん声でわめき立てた。『強烈な魔道の力だ。通常のものではない。これは、荒野のものだ。ノスフェラスのにおいだ。

これは、バ、バ、ババヤガのに、に、においだ』

4

カン・レイゼンモンロンは急ぎ足に階段を下りている最中だった。催眠のかかりかたの薄い信徒に手ずから再催眠をかける仕事は、他人にまかせてもよさそうなものだったが、近ごろ彼の心中に巣くうようになった強烈な不安が、あらゆることについて彼自身がたずさわらなくてはという強迫観念をもたせるようになったのだった。

ミロク大祭の失敗という大きな失点にもかかわらず、いまだに主たる竜王からはなんの叱責もない。ほんのわずかな接触すらなく、いくら呼びかけても、返ってくるのは沈黙ばかりだ。自分は王に見捨てられたのだろうか、と考えると、氷に似た感覚がこの血の冷たい生き物をつかんだ。恐怖と呼ばれるものだった。

主の前に出るとき、その怒りをこうむるときの恐怖は百万の炎の剣のごとく精神をずたずたに裂き、焼き尽くすが、いま感じる恐怖は氷河のごとくにじわじわとやってきて、足のさきから這い上がり、人間のものではない肺腑から紫色をした心臓を凍りつかせてしまう。間断なくわきあがる恐怖に、この生き物はほとんど思考能力を麻痺させていた。

もともと、かれらの種族は暗い星で冷え切った岩と、とぼしい水の間を這い回る、ごく原始的な生物にすぎなかった。そこへ到来し、思考能力と、直立して歩く身体能力を与えたのは竜王である。自らの手駒となすためであったにせよ、かれらは知恵と力をわが種族にもたらした竜王に完全に従属し、思考の根本をあるじに依存するものとなった。

そのため、個別の行動を命じられたときも、必ずその根元には竜王と、その意志が存在していた。それがいったん取り去られれば、かれら種族独自の意志などというものはないに等しい。カン・レイゼンモンロンと呼ばれている生き物は、人に向けては退屈げな貴人の体面をつくろいながら、その内面では、気も狂わんばかりの――この生物にもともと、正気とよべる程度の独自の思考能力があるとしてだが――恐怖にのたうち回っていたのである。

信徒に催眠をかけている最中に呼び出されたのは、部下の三人の魔道師たちからの報告をうけてだった。彼らのことを考えると、恐怖に塗りつぶされた精神に怒りの赤い色がひらめいた。愚か者から無能、屑、塵にもおとる下等動物といったところからはじまって、ほとんど人間の言語では翻訳不可能なところまで長々とした悪罵を並べていった。

これまでのところ彼らがやったことといえば、竜王に反抗する間諜を大神殿にいれたこと、手に入れながら逃してしまったこと、せっかく手に入れたパロの貴人をも逃してしまったこと、物狂いの荒野の魔道師との争いに気を取られているうちに、正体不明の別の魔道師にミロク降臨の見世物を台無しにされてしまったことと、どれをとっても目も当てられないことばかりだった。あの三名はあるいは、自分をあざ笑うために主から、その理解しがたい感覚によって送りつけられたものなのではないかという考えが頭をよぎったが、打ち消した。

そのようなことを考えるだけでも不敬というだけではないし、そもそも、主にはそういった笑いや皮肉の感覚などない。かれら種族のそもそもが人間でいう感情などもともと持っていないのと同様、竜王にも人間の理解できるような感情はなく、もっといえば、その思考回路さえ想像を絶するものである。やはりあの三名は何らかの役に立たせるために送り込まれたのに違いないが、であれば、なんという役にも立たぬ屑をつかませられたものかと、彼はやり場のない怒りをまたもや燃え立たせた。

いまやらねばならないのはおそらく、恐慌に陥った信徒らと僧どもを落ち着かせ、あらためてのミロク降臨と、ヤガをこめての催眠を強固なものとなすための作戦だ。ミロク大祭とミロクの再臨の見世物は、本来ならばもっと時間をかけ、十数日の準備をかけて盛り上げていくべきものだったのだが、ここで、彼はあやまちをおかした。正確にいうならば、恐怖にかられたあまり判断をあやまった。

地下の大聖堂から消えた聖者と、その記憶によって呼び覚まされた過去の記憶によって、われにもなく、彼はことを急ぎすぎたのである。聖者ヤモイ・シンの福々しい温顔の影につきまとわれるまま、彼は性急にミロク降臨の計画を進行させ、まだ催眠が十分でないものがいるにもかかわらず、ミロク大祭とミロク降臨の大興業をおこなった。

それでも、邪魔さえ入らなければ、人々の純朴な心は荘厳華麗な奇跡の光景に幻惑され、信仰という狂気に、いともたやすく火をつけられるはずであった。彼らは竜王の意のままに、慈悲の名のもとに虐殺を行う血の信徒の軍団と化していたはずであった。それらに冷水をあびせたのは、誰あろう、まさに、彼の脳裏にあっておそれの影を落としていた人物だった。

やせ衰え、ぼろをまとった二人の聖者は、現れるだけで人々の熱狂をさまし、ヤロールはじめ大師どもの傲慢をくじき、見苦しい姿をさらさせた。さらに、姿なきなにものかの魔道が、光る球によって虚空へすくいあげられていく聖僧たちという、別口の奇跡を演出してみせた。

あれが多くの人間の催眠をさましたことは疑いない。多くの人間にはまだ〈新しきミロク〉の教えがきいているが、洗脳が完全ではない人間においては、神殿とその上層部に対する不信感を引き起こしても仕方のない事態である。

ひとまず、特に催眠が薄かったのであろう、大祭に参加しなかった人間を集めさせはしたが、あの騒ぎで正気に引き戻された者たちをいちいち見いだすのは、難しい。彼らはなにが起こったのかよくはわからぬまま、それでも容易ならぬ事態があったことだけは認識して、宿に戻っているだろう。あるいは警戒心を起こして、ヤガを出ていったり、あるいは仲間に呼びかけて不信を広げかけているかもしれない。不信は毒となって〈新しきミロク〉を侵していくだろう。水に浸された砂の城のように、長い時間をかけた意図の崩れていく音を、彼ははっきりと聞く思いだった。

神殿の地下へと降りる階段は暗い。入り組んだ道をたどるうちに、彼ははるか昔に去った、遠い故郷の世界の白昼夢をみていた。そこは青っぽい影と灰色のうす明かりに満ちた荒涼とした世界で、知能を持った蛇人間族の手によるいっときたりとて制止していない巨大な建築物が走り回り、緑の肌と紫の目をした同族たちが、ちろちろと炎のような舌を出しながら声もなく行き交っているのだった。

空は赤紫と灰緑色ににじみ、大地はどこまでも続く灰白色の一枚板にすぎない。自然と名のつくものは遠い昔に完全に排除され、彼らの世界からは一掃されていた。彼ら自身が竜王によってつくられた自然ならざる生き物であり、なまの自然というのは彼らにとっては身ぶるいの出るほどおぞましい、野蛮なものだった。

彼はそのなつかしい都市の真ん中に立ち、複雑に入れ替わる建物の影と、ひそひそと歩き回る仲間たちの青ずんだ影を見下ろしていた。立方体とひし形、三角錐と六面体がめまいのするような角度で交差した建物が空を浮遊してゆき、街路を鈍く光る円筒形の乗り物が音もなく行き来する。大気は鋼のように冷たく金属臭が満ち、彼ら種族の体臭であるなまぐさい臭いと微妙に混ざり合っていた。背後から三角形の影が伸び、ゆっくりと頭上を通り越してななめに過ぎていった。透明な紫色の幻影は七色に光を反射しながら生き物どもの上をかすめていき、またたいて消えた。

ふと、道ゆくもののひとりが頭を上げたかと思うと、鱗におおわれた喉をあげて野太い笛のような声をあげた。ひとつがあがると、声は次々とほかの生き物にも伝播していき、やがて、蠢く街角からすべてぼうぼうというような吠え声ともなんともつかぬ声があわさってあがりはじめた。

空のはしに金色の条がはしり、そこから、強い光が剣のように紫の空にひろがりはじめた。生き物たちはその場に膝をつき、両手をかかげてぼうぼうと吠えた。金色の光が少しずつくすんで真鍮のようなきらめきに変わり、その中から、主が、彼らを今の姿に変えた神にもまさる王が、姿を現そうとしているのだった……

カン・レイゼンモンロンははっと心づいた。いつのまにか階段の途中で壁にひじをつき、歯をむき出して荒い息をついているのだった。これもまた人間への擬態の苦々しい結果だった。白昼夢、想像に身を任せること、これら人間のいまいましい習慣は、長い年月の間にいつの間にか彼の異類の精神にしみこみ、きわめて即物的で現実的である彼の精神を、人間とよく似た軟弱な悪習にそめてしまった。

幻想に逃げ込むより、いまは何よりも現実を見つめて迅速に動かねばならぬ事態だというのに、いったい、自分はなにをしているのだ。これもまた、あの三人の無能な人間どものせいだと、これもまた人間らしい精神活動であるところの八つ当たりを気づくこともなく行いながら、彼は階段を下りきった。

下りたところで、猪首の、醜い小男が待っていた。彼をいらつかせている三人の魔道師のうちのひとり、イラーグであった。斜視の目を細めて、這いつくばらんばかりにイラーグは平身低頭してみせた。

「どうした」苛立ちを隠さずカン・レイゼンモンロンはいった。

「私を呼び出したのだ。なにか、見せるに値するべき結果があったのだろうな」

「はい、それは、もちろんのことで——こちらをご覧くださいませ」

イラーグはかたわらの小部屋へいそいそとカン・レイゼンモンロンを導くと、壁際におかれた大きな水晶球をさししめした。暗色にかげった薄茶の水晶の内部には飛び交う星と筋のような光のあとが見え、それらが、見ている間にも中ではじきあい、反射しあって動き回っていた。

「これが、どうかしたのか」

「これらの光は、こちらの大神殿の中ではたらいている目にみえぬ力の導線でございます」

太く短い指でイラーグは水晶球をたどってみせた。

「こちらが大神殿の中で動いている僧ども――こちらが下働きの者――兵士および騎士どもはこちらで――ここの赤い点がわたくしと猊下になります。ごらんになれますでしょうか」

「見えているわ、馬鹿者め」カン・レイゼンモンロンはしゅっと舌を鳴らした。

「そのような愚にもつかぬことをいいに、わざわざ私を呼びだしたというのか」

「とんでもございません、もちろん、そんなことは」

イラーグは震え上がり、つぶれた鼻にいよいよ醜いしわをよせて背中を丸めた。

「ええ、さようです、こちらをご覧くださいませ――ここに、妙な空間のゆがみが見えまする。神殿の地下、地下牢のある区域のずっと下方で、くせ者が忍ぶには最適のところでございます。私みずから捜索してみましたところが、確かに何者かが潜入しておりました痕跡を発見いたしました。大導師様におかれては、そこからあがってくる経路のすみずみに兵士を配置され、さらに、わたくしめに魔道の網を張る許可をくだされて、にっくき間諜めをとらえることをおすすめいたしますが……」

「ばかめ、そこは、〈骨の礼拝堂〉の位置だわ」

話の途中ですでに震えだしていたカン・レイゼンモンロンは、怒りのままに吐きつけた。

「そこから侵入者があがってきたことくらいとうの昔にわかっておるわ、この無能者が。

侵入者はどうやってかあの聖堂に入り込み、あそこからかびの生えた骨二体をよみがえらせて、ミロクのご降臨を台無しにしおったのだ。今さらそのようなところを探してなんになる。もっとましなことを言えぬのか」

「そ、それは」

たちまち縮みあがって、イラーグはあわてて水晶玉をこすった。内部に浮かんでいた光が一度に吹き消され、また別の模様が浮かび上がり、また消え、再度べつの模様がまたたいて光り出す。

「そ、それでは、こちらはどうでございましょうか。例のノスフェラスの大岩を閉じこめております場所の周囲に、あやしげな靄がかかっております。このあたりを捜索してみるのは……」

「私の使った時空操作機械があたりの空間をゆがめておるだけだ。あれが作動しているだけのことに何の意味がある」

「そ、それでは、こちらの……」

ないに等しい首をすくめてイラーグがさらに言葉を続けようとしたとき、空中から、さげすんだような声が、

「およしなさいまし、カン・レイゼンモンロン様。そんな蝦蟇《がま》ごときの話を聞いたって、なんにもいいことなんかございませんよ」

空中ににじんだ黒紫の口がひらき、中から、漆黒の髪をなびかせた黒人女が現れた。

「ジャミーラ！」イラーグは憤然といって、拳を振り回した。

「今はおれが大導師様にお話し申し上げているのだ。口を出すのは許さんぞ」

「へええ。けど、大導師様はあんたのお話とやらに飽き飽きなさってるようだけどね。ああ、大導師様」

ジャミーラはふわりと床に舞い降りると、長い髪を床に散らして平身低頭した。

「そんな奴より、あたくしの話をお聞きくださいましな、大導師様。あたくしは手持ちのすべての使い魔を放って、大神殿から、ヤガのすみずみまでを探しましたのよ。あたしの使い魔が探さなかった場所は、砂粒の影、葉っぱの筋ひとつの裏までだってありゃしません。そいつらが告げているんです。くせ者は、どうやら大神殿の中にいて、そこの蝦蟇みたいな愚か者の目を盗んで動き回っているようだとね」

「なんだと、この下等な魔女め、密林の売女めが――」

「間諜が大神殿の中にいることくらいわかっておるわ、女め」するどくカン・レイゼンモンロンはいった。

「そもそも間諜を神殿に引き入れたのはきさまの多情ゆえであろうが、娼婦めが。あの男をはじめに神殿に入れたのが誰かを、忘れたとはいわさぬぞ」

「あ、そ、それは、そうでございますけれども」

ジャミーラはさすがにどぎまぎとしたが、あわてて、

「それでも、だからこそ、あの男の気配はあたくしがいちばん近くに感じ取れる道理でございますわ。間違いなくあの男は近くにおります。あたしの使い魔もそう告げております。いま、使い魔どもに、この大神殿すべての人間を裏から表まで探させております最中ですわ。いまにもきっと、にっくきあの間諜を捜し当ててみせますとも」

「しかし、まだ見つけてはおらんのだな」

「あ、そ、それは……」

「くだらぬ」

カン・レイゼンモンロンは吐き捨てた。

「実際に侵入者を見つけられておらぬのであれば意味などない。くだらぬ下衆女が、口をつつしむがよい。この場にまともに力を使えるものはおらぬのか」

「わたくしがおります、カン・レイゼンモンロン様」

また新たな声がして、空間がゆがみ、キタイの貴族風にきざに装ったベイラーが進み出てきた。額の石の目がぎろぎろと左右に動く。空洞になった両の眼窩《がんか》をふたりの仲間にさげすむように等分に投げ、ベイラーは、立ったまま胸を反らしてカン・レイゼンモンロンに呼びかけた。

「大導師様、つい先ほど、わたくしの張っていた魔道の網に、妙な動きが引っかかりま

したぞ。おそらくは妖魔の魔道、自然の魔力に近いものが、大神殿の裏でかすかに感知されました。また、その場で信徒どもを入れていた監禁所の鍵がすべて外れ、かなりの数が逃げ出したとのことです。多くは再びとらえられて房にもどされましたが、数名は、神殿の外に逃げ出したとのこと」

「なんだと――」カン・レイゼンモンロンは愕然とした。

「なぜそれを事前に察知できなかった。女、きさま、使い魔を神殿に放ったと言っていたのではなかったのか」

「は、はい、それは、そうでございましたが――」

「蝦蟇め」さらに怒鳴る。「きさまの水晶玉には、そんなことすら映っていなかったというのか」

「し、しかし、カン・レイゼンモンロン様、わたくしめは――」

「そしてきさまもだ、石の目」

にやにやしながら叱責される仲間を眺めていたベイラーは、唐突に矛先を向けられてぎょっとしたように後ずさりした。

「その逃げ出した者どもの行き先はどうした。また、その自然の魔力とやらを使った相手は。鍵を開いて、そこから逃げ出した人間に、怪しい相手はいなかったというのか」

「あ、ええ――はい、それは」ベイラーもじりじりと逃げ腰になった。

「わたくしも網に掛かったさいにすぐさまそちらに向かいましたが——着いたときにはすでに、逃げ出した人間どもであたりは混乱しておりまして、ひとりひとりを探しているうちに、魔法を使った何者かは姿を隠したか、なにかしたようでございまして——あるいは、その、鍵の外れたことと、魔力とは関係がなかったのかも——妖魔というものは、どこでも、いつでも、気まぐれに現れるものでもございますし——」

『愚か者』

カン・レイゼンモンロンの声がひび割れた。のどの奥からシューッという音が出て、声に鋭い歯擦音がまじる。瞳がぎゅっと細まり、金と紫にぎらぎらと光った。口の中で牙がとがり、魔道師たちはいっせいに縮みあがって平伏した。

「きさまらにはそんなことしかできんのか。くだらぬ世迷い言ばかり弄しおって、役に立つことの一言ばかりも言えぬ愚か者ども。間諜を見つけることも、逃げたヨナ・ハンゼを見つけることも、聖者どもを逃がした魔道師を見いだすことも、何一つできぬままに、よくわが前に出て口をきけたものだな」

「お待ちください、大導師様、あたくしたちも——」

「このような女の無駄口に耳をおかしなさいますな、わたくしは——」

「きっとこのわたくしめが、不埒な進入者めを御前に引き据えて——」

とりすがる三人を、カン・レイゼンモンロンは怒りに任せて振り払った。炎になめられたように魔道師たちがたじろぐ。憤怒と苛立ちのあまり相貌の下から蛇の鱗をうっすらと浮かび上がらせながら、カン・レイゼンモンロンと呼ばれる生き物は、なにかもっと痛烈な言葉を投げつけてやろうと、無能な部下どもの顔をにらみ回した。

その瞬間、足もとから、大地が突き上げてきた。

人々のうごめく地上のはるか下で、その機械は狂ったように光をまたたかせていた。

時間の凍りついた部屋は張りつめた沈黙が支配している。その中に、唯一動くものと見えた奇妙な導管と部品は、人間のものではない色彩ときしみに不気味にゆるぎ、苦しむ獣のように身をよじって、死にぎわの動悸めいて乱れた感覚の紫や赤や緑の冷光を発して唸っていた。

そのまたたきがしだいに頻繁になり、せっぱ詰まり、やがて、間違いようのない火花がはじけた。なにか堅いものがぶつかるような音がして、色彩の流れが停止した。沈黙の底にずっとあった張りつめたものが消失した。壁に投げられていた異次元の色彩がうすれ、ありきたりの黒い巨大な影がぼんやりと浮かび上がりはじめた。

やがてそれは、ゆっくりと動きはじめた。完全に静止し、沈黙に覆われていた空間はいまや、がたがた、ぴしぴしという音にみたされていた。天井から雨のように土くれと石ころが降ってきた。洞窟から聞こえる風のような音がとどろき、赤と金色の胞子の雲がもうもうとたった。 がさがさと葉を揺り動かす音がし、みしみしと木のきしむ音がさわがしく響いた。

わずかに最後まで残っていた一台の機械が、銀色の煙を残して砕け散った。

地の底からの轟きが盛り上がった。轟々とうなる地響きはすべてを飲み込むように立ちあがってきて、空間全体を揺り動かした。圧力に耐えかねたように、四方の壁がはじけ、緑の木と、蔓と、花や葉やたくさんの菌類が、押し出されるようにどっと萌え出た。

轟きは轟音となってどこまでも広がっていった。降りそそぐ土と石ころの雨の中に、まっかに燃える二つの目があった。羊歯《しだ》と蔦に覆われたその巨大な影は身を揺すり、木の枝に似た両手をかかげて、吠えた。風洞をぬける風のような声はどんどん大きくなって、わんわんとあたりじゅうが鳴り響いた。

めりめりと地面を破ってなにかが生えてきた。両腕をあげたまま吠えたける怪人をのせて、よじれた幹が、こぶのような根が、ざわざわと音を立てる葉が、糸でつり出されるかのようにみるみるうちに伸び上がる。

伸びる枝は壁を突き破り、天井を崩し、上階に達して人間たちをひっくり返し、物を壊し、追い散らした。祈りをあげていた僧たちを吹き飛ばし、働いていた下男たちを葉と木の混乱に巻き込んだ。悲鳴をあげる女たちは、うねる蔦と羊歯と茸の森の中にくるみこまれて出口を見失った。

吐息をつくような音を立てて若芽が次々と開いていく。どこまでも伸び続ける枝えだは、あちこちで人を突き、壁を崩し、がれきを振りまきつつそれでも止まらず、伸び続けて、ついに地上に出た。

ヤガの人々はとつぜんの大音響にびっくりして外に出た。つい一昨日に、不発に終わったミロク大祭という事件があったあとで、またなにごとか別な事件が起こったのかと思ったのである。

「なんだ、ありゃあ――」

人々の口がぽかんとあいた。てんでに指さすその先に、大神殿の丸屋根はもはやなかった。

そこには大神殿をのみこまんばかりの一本の巨樹が、夜風に樹幹をそよがせつつ、騒ぐ人々とヤガを、睥睨していたのである。

第四話　ワルスタット虜囚

1

　リギアは窓を開け、吹き込んできた冷たい風に肩を震わせた。

　ワルド山脈から平地に降りてきて、山地の強風からは逃れたものの、北上するにしたがって空気は冷たさを増していた。北部を氷の極北地方に接するケイロニアは全体にわたって寒冷で、低地におりてもその傾向はかわらない。風をさえぎる木々がなくなった分、街道を走る馬車に当たる風は容赦がなくなり、まっすぐ吹き込んできて肌を切りつけるように冷やしていく。

「なにかご用ですか、リギア殿？」

　ブロンが馬を寄せてきた。

「いえ、何もないわ。ここ、どのあたりかしら」

「おそらくワルスタット城の近くにきたあたりだと思いますね。もうしばらく走れば、城が見えてくるのではないでしょうか。今夜は、少しは暖かい場所で休めそうですよ。城にはお寄りになるでしょう？」

「ええ。ディモス侯のこともお伝えしなくてはならないしね」

リギアは目をとじた。ワルスタット城の主であるワルスタット侯ディモスは、ケイロニア大使としてクリスタルに滞在していたはずだ。どうなったかは知るすべもないが、あの混乱と虐殺の中で、彼だけが無事であるとはとても思えない。おそらくほかの宮廷人や市民たちと同様、竜頭兵に殺されるか、あるいはもっと酷い運命——自身が怪物に変じて他人を食らったか、のどちらかとなったことだろう。

ディモス侯は昔から温厚篤実《おんこうとくじつ》、生真面目な家庭人として知られていた。夫人のアクテとの間には六人の子女があり、その仲の良さは家庭を尊ぶケイロニアでも理想の一つとしてたたえられているほどだ。

夫を愛する質実なケイロニア婦人であるアクテ夫人に、夫の恐ろしい運命を伝えなければならないことを考えると、気分が果てしなく沈んだ。だが、パロの人間としてこの義務からは逃げられない。まだ幼い子もいるはずの息子や娘たちは、父親の死をどのように受け止めることだろう。

ワルド城での後味の悪い事件のあとで、さらにこのような知らせを運ぶものとしてワルスタットに入るのはいかにも気が進まなかったが、避けることはできない。誰かが伝えなくてはならないのだ。あるいは風の噂がさきにここまで届いているかもしれないが、だからといって逃げられはしない。

おそらく夫からの連絡の途絶えたことに、夫人は不安をかき立てられていることだろう。その不安を悲嘆に変える役目を負わなければならないことには考えるだけで胸が痛んだ。

街道は小さな集落や木立を抜け、ささやかな林の点在する草地を起伏しながら通っていく。リギアは肩をすくめながらも、窓から頭を出して黒髪をなびかせながらあたりを眺めた。後方にはあとにしてきたワルド山脈がそびえ、前方にはサイドン城を擁する中央山地の起伏が遠く見える。サイロンまでは馬車で十日ほどのはずだ。

早くサイロンについて、グインの顔が見たかった。あの豹頭の沈着な戦士には、不思議に人の心を落ち着かせる力がある。サイロンに到着したところで何ら問題は片づくわけではなく、むしろ、新帝オクタヴィアへの謁見やマリウスことアル・ディーンの正式な亡命、ケイロニアへの擁護要請とゴーラへの正式な抗議声明、必要ならば王位と国土の返還請求など、サイロンに到着しだい、やらなければならないことは山積している。いまこの馬車での旅の日々は、政治の大渦に巻き込まれる前の、最後の休息かもしれない。

後ろでむにゃむにゃと寝言が聞こえて、リギアは不機嫌に顔をしかめてそちらを向いた。マリウスが両腕にキタラと紙とをかかえたまま、胸の上に頭をたらして眠り込んでいる。

また昨晩、遅くまで作曲に熱中していたのだろう。指につまんだ羽根ペンが傾いてぶらさがり、つり下げた墨壺が膝の上であぶなっかしくぶらぶら揺れている。この小鳥ときたら、迫り来る気のふさぐ物事にはまったく無関心で、ワルドでの出来事やグインの来訪のことをせっせと詩に仕上げたり、またそれに合う曲を作ることばかりに夢中になっている。

本来なら、この一行の中心人物は、パロ王太子である彼のはずである。当然ながら、アクテ夫人に夫の運命を告げるのも彼の役割になるはずだ。

しかしリギアは早いうちにその考えを捨てて、ほとんどの話を自分ですます心づもりをしていた。このさえずる鳥では、悲嘆にうちひしがれる夫人と子供たちの心をおもんぱかって動くような複雑なことなど、とうていできないに違いない。涙を流す夫人に向かって、夫の悲劇を歌に仕立てたから聞いてくれなどと言い出すところを見るのはごめんこうむる。

窓から吹き込む寒風も、マリウスの眠りを覚ますことはできないようだ。リギアはため息をつき、窓を閉めて自分も少し睡眠をとろうと、扉に手を掛けかけた。

「停止！　とまれ！」

ブロンの鋭い声が響いた。リギアはびくっとして手を止め、首をのばして外の様子をのぞいた。

「どうしたの、ブロン殿」

「前方から騎馬の一隊が近づいてきます」

ブロンの声にはわずかに緊張が感じ取れた。

「約三十騎ほど。旗をかかげています。紋章は……よく読みとれませんが……ああ、今、狼がちらっと見えました」

「〈星と狼〉？」

リギアはもっと身を乗りだして前方をすかし見た。〈星と狼〉は、ワルスタット侯の紋章である。

「ワルスタット城の騎士たちかしら。わたしたちを見つけてやってきたんでしょうね」

「おそらく、そうでしょう。待ってください、近づいてきますよ」

一行がそこに止まって待つあいだに、騎馬の一隊はどんどん近づいてきて、声の届く距離で止まった。ひるがえる旗がはっきりと見える。青と黒の下地に、灰色と銀で、星の下に駆ける狼の紋章が縫い取られているのがわかる。

「そこに往かれる方々！」

先方からよく通る声が届いた。

「われわれはワルスタット城より派遣された巡邏隊《じゅんらたい》である。領内を通行されるそちらはどちらの方々か。返答をお願いする」

「われわれはパロの王太子と、そのご一行を警護する護衛部隊だ」

ブロンが大声で答え、害意のないことを示すように馬を下りた。二十騎ほどのほかの騎士たちも、続いてつぎつぎ下馬する。リギアも扉を開け、馬車を降りた。

降りるときに肘でマリウスをつっつき、「起きなさい！」とうなる。マリウスはむにゃむにゃといって身じろぎし、うっとうしそうに眉根にしわを寄せて寝返りをうちかけたが、もう一度強く肘を食い込まされてはっと目を開けた。ぼさぼさの髪を振り立て、非難がましい顔でリギアを睨む。

「さっさと起きなさい。あんたが挨拶しなきゃならない相手が来たの」

「相手って何さ……えっ、騎士？　なに？」

ぶつぶつ言いながら外を見たマリウスは、前方に旗を立てている一団を目にして急にあわてだした。落っこちかけたペンと墨壺をひっつかみ、キタラと紙を意味なくかき寄せながら、

「ちょっと、またなんか、面倒なことに巻き込まれたんじゃないよね？」

「あたしの基準ではそうじゃないわね、あんたはどうだか知らないけど。ほら、ワルスタット城の騎士たちのお出ましよ。あんたが出て、挨拶するの、早く！　いちおうあん

たがこの一行の代表ってことになるんだから」

　手をのばして乱暴に引っ張り出し、目の上にかぶさった髪を手早く撫でつける。地面に降りたときマリウスはまだふらふらしていたが、旗をなびかせて立っている騎士の一隊を見るとさすがに目が覚めたようで、目をぱちくりさせてその場に突っ立っている。

　リギアはまた彼をつついてなんとか挨拶らしいことを言わせ、名乗りをあげさせて、こちらはワルド城からやってきたパロ王太子と、その随身である旨を告げさせた。さらに、敵意のないこととワルスタット城への来意とを告げ、ぜひ城を訪ねてワルスタット侯夫人に面会したい旨をも言わせた。

「パロ王太子？」

　相手は面食らったようだった。

「失礼ながら、パロの王太子がなぜこのようなところにおられるのか。なにゆえ前知らせもなくケイロニアに入国し、さらに、ワルスタット城への入城をご希望されるのか」

「疑念はわかるが、どうか聞いてほしい」

　ブロンが口をはさんだ。

「王太子がこちらにおられるのはただならぬ故あってのことだ。ワルスタット侯夫人にお会いしたいというのも、他言のできぬ話がある。どうか剣をおろして、城へとともなっていただきたい。私はパロ駐留隊に在籍する騎士ブロン、この方々をクリスタルよりずっとお守りしてきた。そちらには、私の顔を見知られる方はおられないか」

ざわざわと顔を見合わせた中で、「ブロン？」という声があがった。

「面識はないが、確かにそのような名前の騎士はパロに派遣されていたように思う……パロ部隊としてワルスタット侯に伺候《しこう》していた騎士のなかに、そのような姓名のものがいたように記憶している」

「ありがたい。確かに私がその当人だ」

ブロンはほっとしたように言った。

「われわれがこちらに伺った事情についてはワルスタット侯夫人に直接お話ししたい。長い話でもある。どうか警戒を解いて、われわれを城へお連れ願いたい」

さらにしばらく話し合いがあり、〈星と狼〉の騎士たちは仲間同士で意見を交わし合っていたが、やがて、一致したようで、先頭に立っていた前立てに狼の頭をかたどった兜をつけた騎士が、剣をおさめて手招いた。

「では、ご一同、こちらへ。城までお送り申そう。私はワルスタット城城代グスト男爵付きの騎士で、ウィルギスという」

ブロンの肩から力が抜けるのを見て、リギアもほっと息をついた。ぼうっとしているマリウスをまた馬車に押し込み、自分も乗り込む。パロ王太子の一行は、ワルスタットの騎士たちにとりかこまれるようにして、また街道をゆっくりと進み始めた。

　やがて起伏する丘のむこうにワルスタット城が見えてきた。城下に入り、これまでの素朴な藁葺《わらぶ》き屋根や農機具小屋ではなく、石造りの建物が多くなり、道も赤い街道のすり減った煉瓦から灰色の石畳にかわる。人々が目を丸くしてかぶりものをとったり、頭を下げたりする中、しずしずと城へと向かう。

　山中の小村の集まりであるワルドと違って、ワルスタットはケイロニア国境をこえて北上する中、最初にぶつかる大きな都市である。ワルスタット侯がパロ大使に選ばれたのは単に南部に位置する距離の近さだけではなく、他国との交易によって築かれた豊かな文化と国力のせいでもある。

　もともと、十二の選帝侯領が集合して構成されているケイロニアという帝国は、皇帝に支配されているとはいえ、十二のそれぞれ違った国家の集合体のようなところがある。

　もっとも北部に位置する雪国ベルデランド、北東部に位置するナタリ湖に接したローデスとランゴバルド、西部の上ナタール川にそって広がるロンザニア、ノルン海に面する海洋地方アンテーヌ、内陸南西部のラサール、ツルミット、フリルギア、ダナエ、内陸東部でサンガラ山地に接し、クムへと続くサルデス、アトキア、そしてワルド山脈に接し、もっとも南方に位置するワルスタット。

　正確に言えば、ワルド城もワルスタット侯領内にある一城ということになる。それぞれに特色を持つ各侯領だが、特に、ゆたかな内陸のパロとの通商の道筋に直接位置するワルスタットは、無骨で実用性を重視するケイロニア国内にあって、優雅で文化的な色彩をとうとぶ傾向がある。

抜けていく街は基本的にはケイロニア風で実用的に、飾り気のない建築が多いが、街ゆく人々はやさしい色彩の、どことなくパロの都ぶりを思わせる衣服をまとっている。家々にかけられた布や屋根瓦も、ちょっとした色使いやささやかな彫刻、ちょっとした飾りつけなどに、実用一点張りではない細やかな心遣いをうかがわせている。店舗に並んだ品々はパロの洗練にはとてもおよばないが、それでも衣服や装身具、食物、野菜や花など、どこかほかの内陸部の都市とは違った、洗練と美しさを漂わせているように思われる。

歩いてゆく少女たちの、やわらかな薄緑と桃色のスカートやずきんを見て、リギアの胸は痛んだ。クリスタルの若い娘たちが、同じように淡い色の愛らしい衣装を身につけて、笑いさざめきながら歩いていた姿を思い起こしたのだ。

その彼女たちも、いまはいない。無惨に食い散らかされた骨と肉片になっているか、もしくは、自らが鱗の怪物に変わり、並んで歩いていたはずの友を襲ってばらばらにしたか——

——ディモス侯も……。

思い出すと気分が暗くなった。行く先に待っている涙と悲嘆が、すでにこちらの胸も浸しているように思えた。

いったい、アクテ夫人にはなんと切り出せばいいのだろう。愛する夫が異界の魔道の怪物に襲われ、殺されたと——怪物そのものに変えられた可能性までも、悲しむ妻に告げる必要はない——いわれて、そうすぐに信じられるものではあるまい。ケイロニア婦人である夫人アクテが、魔道といわれてすぐに信じられるとも思えない。六人の子をもうけた愛しい夫が、何ともわからぬ惨劇に巻き込まれ、遺骸すら確認できないまま死んだといわれて、果たしてすぐにその事実を受け入れられるものなのだろうか。

ワルスタット城が近くなってきた。新カナン様式と呼ばれるこの城はパロの洗練と優雅には及ばないにせよ、堂々とした花崗岩《かこうがん》の城壁と尖塔が高々とそびえ立ち、屋根のなだらかな曲線は、ワルドの山城の無骨さを見てきたあとではことに目に快い。

城門前の大通りを進んでいくと、声高な誰何《すいか》の声に止められた。四、五人の衛兵が群れて、門の周囲をかためている。

騎士ウィルギスが誰何に答え、問答があったあとで、門がきしみながら開かれた。分厚い樫の木に鉄の格子をはめた重厚な扉である。一行は馬をならべ、内側にリギアとマリウスの乗った馬車をかこんで門をくぐった。リギアは馬車の中から門と城壁をうかがい、矢狭間《やざま》のすきまに、矢をたずさえた兵士が何人もじっとこちらをうかがっているのを見て取った。矢をつがえてこそいないが、あまりいい心持ちはしない。

そういえば、門の固めも妙に厳重だったように思う。城代は確かグスト男爵というようだが、この態勢は男爵の指示なのか、それともアクテ夫人のものなのか、不思議に思った。

城の中庭は簡素ながら美しく、城壁と同じ白い花崗岩の水盤に水が流れ落ち、古い樫の木が中央にそびえて、刈り込まれた灌木《かんぼく》や芝生があたりに配された白大理石の彫像とよく調和している。

後ろ足で立ち上がった馬にまたがる戦士の像の下で、リギアたちは馬車をおりた。召使いたちが居並んで荷物をおろし、仕着せを身につけた従者が先に立って、城内へ案内する。

「こちらでございます。ただいまじきに、お湯を運ばせますのでお使いくださいませ。どうぞ、おくつろぎください。グスト男爵は、夕食の席でお会いになるとのことです」

リギアが案内されたのは青い絹と綾織《あやおり》で飾られた客用の一室だった。パロ人ということで気を使われたのか、室内の調度は白と金に彩られたパロ風の優雅なもので、やがて運ばれてきた浴槽と入浴用の品も、香りのいい浴用塩と内陸産のやわらかい布がそろっていた。長い馬車旅と、その前の山地暮らしで入浴に飢えていたリギアは手伝いを断って、ひとりで遠慮なく湯を使い、ゆっくりと浴槽に浸かって、埃と疲れを洗い流した。

風呂から上がってみると、寝台の上に衣装が広げられていた。夕食にはこれを着ろということらしい。部屋と同じ青い絹で、幅広の袖がついており、短めの袖口からは長いレースが優雅に流れて手首を隠すほどになっている。スカートはたっぷりと襞《ひだ》をとった長いもので、引きずるほどではないが後ろに裾を引き、貴婦人の装いとしては申し分ない。かたわらには紫水晶の首飾とブローチが置かれ、床にはそろいの飾りのついたきゃしゃな靴が並べられている。

あまり気は進まなかったが、会食の席に出られるようなドレスは荷物の中にはなかったので、この服を着るしかなかった。寝台に座って髪を乾かしていると、従者が入ってきて浴槽を運び出していき、つづいて女召使いたちが入ってきて、身支度を手伝いはじめた。

リギアのやっと長くなってきた髪を梳《す》いてまとめ、装身具と同じ紫水晶のついた銀の網でまとめる。ドレスを身につけるのを手伝い、腰に金糸織りの帯を巻き、端を長く垂らして、ドレスの襞にうまく調和するように注意深く配置する。首に首飾を巻いてとめつけ、胸元にブローチをとめつける。靴下をはかせて整え、ほっそりした靴に足をすべりこませて、これも銀製の留め金をきっちりと締めつける。

パロで公的な場に出るときはたいてい、聖騎士伯として儀礼的な甲冑にマント姿だったリギアは、貴婦人として装わされることに、妙なおかしさといらだちとを同時に感じた。おかしさはこの自分がいっぱしの女らしく、人形のようにドレスをまとわされているることからくるもので、いらだちは、ただの女として扱われることからくる、相手の無礼さへのものだった。

いや、無礼というより、もの知らずというべきなのかもしれない。パロの聖騎士は有名だが、その中でも、女性の聖騎士という存在はリギア以外にはいない。当然、他国でも多少は知られた存在である。少なくともいままでリギアはそう考えていた。名前を名乗っても、グスト男爵とやらは客人がどういう人物かについて思い当たらなかったか、配慮していなかったらしい。

いっそのこと、ドレスをことわって鎧姿で宴席に出てやろうかとの悪戯心がわいたが、いま手元にある鎧は、パロ脱出以来のたび重なる酷使のために傷だらけ補修だらけで、とうてい見られたものではない。なんとか実用には耐えても、そのような席に着て出るには、さすがに気が引ける。ここはおとなしく、飾りたてられた貴婦人としての姿に甘んじるしかなさそうだ。

身支度がおわって少しすると、再び使者が戸を叩いて、夕食の用意ができたと告げた。召使いに先導されて、灯火の揺れる通路を城の広間へと向かう。途中でマリウスと合流した。こちらも、見たことのない緑に赤の切り込みが入った胴着をつけ、象牙色の長靴下に黒い繻子《しゅす》の靴をはいている。リギアの感じているような居心地の悪さやいらだちとは無縁で、小賜にはしっかりキタラをかかえ、いかにも気楽そうに、洗ったばかりの巻き毛に指を通して、陽気に挨拶をした。

「やあ、君もなかなかすてきじゃないか、リギア。ここの人は、服装に関してはなかなかの趣味を持ってるようだね」

「あたしはそれより、あんたの言葉の趣味に関することの方が気になるわ」

多少うわのそらでリギアは答えた。彼女としては、いまだに姿の見えないアクテ夫人のことが気になっていたのである。パロからの客人と聞いて、クリスタル滞在中の夫の消息を尋ねに、彼女が現れないはずはないと感じていたのだが……。

広間には明るく蠟燭が輝き、蜜蠟と花の香りが漂っていた。食卓の中央には花と果物が盛り上げられ、銀の食器がきらめいている。リギアとマリウスが席につくと、待っていたように料理が運ばれてきた。

最初にいちじくとチーズの盛り合わせが出され、次に、やわらかいあぶら菜とクルミを酢であえた皿が運ばれた。続いて焼いてソースに浸した帆立貝、香辛料の利いた小海老の素揚げ、串焼きにして踊るような姿に仕上げた魚が並び、それが終わると、栗と棗《なつめ》を腹に詰めて焼いた鵞鳥《がちょう》が出た。皿の周囲にはバターと混ぜてつぶした蕪《かぶ》がぎっしり並び、青い香草と赤い胡椒《こしょう》の粒が宝石のようにばらまかれている。

ブロンの姿は見えなかった。騎士たちは別の席でもてなされているのだろうか。人数が多いために、部屋を分けられているのかもしれないが。

「アクテ様はこちらにはいらっしゃらないのかしら」

取り分けられた鵞鳥と蕪を口に運びながら、リギアは尋ねた。

「こちらの席でお会いできると思っていたのだけれど。城代のグスト男爵とおっしゃる方は？」

聞こえたのか聞こえなかったのか、召使いはあいまいな微笑を向けただけで給仕を続けた。

果実入りのパンとぱりぱりした肉のパイ、蜜に浸かった林檎、オレンジ、葡萄《ぶどう》が出て、甘口と辛口二種の葡萄酒が注がれる。頭をはっきりさせておきたかったリギアは酒をことわり、冷たい水を頼んだ。運ばれてくるとぐいと飲み干し、貴婦人には似つかわしくない振舞ながら、杯を支えたまま額に指をあててじろじろと食卓をながめ回した。

マリウスは旺盛な食欲でごちそうを片づけ、うれしそうに葡萄酒をお代わりしている。小鳥は気楽でいい。三皿目のパイをむさぼっている彼はほうっておいて、リギアはもう一度、近くを通った召使いをつかまえて声をかけた。

「ねえ、アクテ夫人はいらっしゃらないのかしら。わたし、夫人にどうしてもお話ししなければならないことがあるのよ」

「夫人は……アクテ様は、その、こちらにはおいでになりませんので」

つかまった召使いは、目を中空に泳がせてもごもごとそう答えた。

「おいでにならない？　ご自身のお部屋で夕食をなさるということかしら。でしたら、夕食がお済みになったあと、お部屋におじゃまするか、どこかの部屋でお会いしたいわ。そう、ご夫君のお話も、きっとお聞きになりたいでしょうし」

「アクテ様は……その」

視線が定まらない。助けを求めるように召使いは左右をおどおどと見回した。

「その……ええ……ご気分がすぐれないとのことで。はい。お部屋からお出になりませんので。たぶん誰にもお会いにならないと存じます」

「それはあなたの考えよね。少しだけでいいの。ご気分がすぐれないのはお気の毒に思うけれど、どうしてもお話ししなければならないことがあるのよ」

「わたくしには何とも……はい。お答えしかねます」

リギアの手をのがれて、相手はこそこそと下がっていった。リギアは眉根にしわを寄せ、うすく切った果実の浮いた水をもう一口含んだ。

どうも様子がおかしい。

食卓にはマリウスとリギアの二人しかいない。慣例からすれば、城の主人が不在であるいま、それに準じる位置にあるアクテ夫人が真っ先に出てきて、客のもてなしをしていいはずだ。

気分がすぐれない、というのがもし本当であっても、夫人が評判通り、よきケイロニア婦人であり、家庭と妻としてのつとめを重く見る女性ならば、その程度のことで礼を失する行動に出るとは思えない。よほど気分が悪く、部屋から出られないにしても、そのことを謝罪する伝言のひとつもあっていいはずだが、それもない。

もうひとつ気になることは、城内が妙にひっそりしていることだった。ディモス侯と夫人のあいだには六人の子がいる。まだ幼い子もいるはずだ。それだけの数の幼児がいるはずにしては、城の中はおかしいくらいに静かだ。やんちゃな子供を勝手に走り回らせておくようなことはむろん夫人もしないだろうが、それでも、子供のいる場所というのは、もうすこし、にぎやかさや活気のにおいとでもいうものが漂っていていい。

使用人たちの、どことなくおどおどした雰囲気も妙だ。先ほどつかまえた召使いはいうに及ばず、通り過ぎる彼らは妙に早足で、目を合わせるのを恐れているかのように目を伏せがちである。ドレスを身につけているときから感じていたのだが、リギアが何か話しかけたり、問いかけたりしても、まともには答えずあいまいなままにまぎらせてしまう。まるで、誰かに口止めされているか、それとも――

――何かを恐れているような……？

「失礼いたします、お客様」

扉が開いて、従者がいささか甲高い声で告げた。

「ワルスタット城城代、グスト・ルキウス男爵のお越しでございます」

リギアは水の杯をおいた。開いた扉から、半白の髪をした、五十がらみのやせた男が入ってきた。黒と灰色で身を固め、マントの留め金には〈星と狼〉が銀で象眼されている。目の下が赤く、袋のようにたるんでいるせいで、ひどく疲れて年寄りくさく見えた。

「ようこそいらっしゃった、パロの方々」

しわがれた声で彼はいった。

「どうぞ今夜はごゆるりとこの城でお過ごしください。主人、ディモス侯も、友邦の方々をおもてなしできたとあれば喜ぶことでございましょう。ご要望のことがあれば、何でもお申しつけくださいませ」

「アクテ様にお会いしたいわ」

直截《ちょくせつ》にリギアはいった。グスト男爵はびくっとし、殴られでもしたように後ろに身をそらした。

「アクテ様はご病気で、お部屋にこもられております」

「ではお見舞いに」すばやくリギアはいった。

「お世話になったご挨拶もしたいし、それに、ご夫君のことで、どうしてもお話ししなければならないことがあるのよ」

「ご病気なのです」おどおどと、グスト男爵は言い張った。

「医師の指示で、どなたにもお会いできないことになっております。お騒がせしてはならないとのことで」

「子供たちも？　六人いるお子様方とも会えないのかしら。きっと、ひどく寂しいことでしょうね」

　皮肉をこめて言ったリギアの言葉が通じたのかどうか、グスト男爵は首をちぢめ、ええ、それはもちろん、ともごもご呟き、立てた襟に顎を埋めた。

「それでは、せめてお子様方にご挨拶はできないかしら。上のお子様はかなり大きかったはずよね。わたしの代わりに、お母様に伝言をお願いできるくらいのお年でしょう。いちばん上のお子に、ご面会をお願いできるかしら」

「それは……その」

　明らかに、グスト男爵は焦っていた。先ほどの召使いたち同様、しきりにあちこちに目を泳がせ、両手を意味もなくもみ合わせながら足をもじもじさせている。

「お子様がたも……あの、お会いできないことになっております。お母上のご病気がうつってはいけないとのことで……あの、皆様、お部屋から出てはならないことになっておりまして」

「六人も？　六人とも全部？」

　リギアは食卓から立ち上がりかけていた。

「いったいどういうことなの？　わたしはただ、ちょっとご挨拶したいと言っているだけよ。もしかして、まだわたしたちの身元をうたがっているの？　だったら、そばに衛兵を置いてくれたっていいわ。いったい何をそんなに警戒しなければならないのかわからないけど。ディモス様とはわたし、パロで何度かお会いしてるの。アクテ様のお話も何度か聞いてるし、お目にかかったことも、ずいぶん以前に少しだけどあったと思うわ。ちょっとお話しすることの、何がいけないの。どんな不都合があるっていうの」

「それは……」

「いったい何を隠してるの？　あなたたち――」

そこまで言って、リギアは恐ろしい可能性に愕然《がくぜん》となった。

「まさか――アクテ様に、何かあったっていうの？」

「そこまでだ」

冷たい声が後ろからした。リギアは身をよじって振り向こうとし、堅い指先に肩と腕をつかまれた。

「だから言ったのだ、さっさと捕らえて閉じこめてしまえとな。パロから来た人間など、面倒しかおこさないに決まっている。気づかれずにすませられるとでも思ったのか、ばかめが」

リギアはうなり、懸命にもがいたが、腕をつかむ手はびくともしなかった。首をねじって見上げた先には、暗い目つきをした、浅黒いいかつい男の顔があった。城に入る前、狼の前立て付きの兜の下に見た顔だった。

「騎士ウィルギス」リギアはあえいだ。

「いったい何を——」

食卓ではマリウスが二人の兵士の手で抱え上げられていた。だらりと垂れ下がった手から葡萄酒の杯が落ちる。いくら彼でも、まだ酔いつぶれるほど飲んではいなかったはず。がっくりと仰向いた顔が妙に蒼白い。ウィルギスは卓の方を一瞥し、リギアを見て鼻を鳴らした。

「黙って酒を飲んでいればよかったものを」

「あなたたち」怒りで口が利けなかった。

「あなたたち、いったい——」

脾腹《ひばら》に衝撃が走った。息が絞り出されると同時に、リギアは暗黒の中に崩れ落ちた。

2

目が開いた。

一瞬、どこにいるのかわからず混乱した。しばらく横たわっているうちに、体の下の寝台のやわらかさと、室内に漂っている花の香りに気づいた。壁に火屋《ほや》のついた洋灯がぼんやりともっている。リギアは身を起こし、周囲を見回した。

室内はなにひとつ変わっていない――いや、ひとつ、変わっていた。部屋には中庭を見下ろす両開きの窓があったのだが、それが、閉じて掛け金がおろされている。

起き上がり、よろめきながら窓に近づいて、掛け金に手をかけてゆさぶってみた。動かない。力をこめて何度か前後に動かしても、びくともしなかった。

後ろに下がって扉を見つめた。扉は木製で、巻き髭状の細工をした細い金具で補強してある。見た目は優雅だが、かなり丈夫な品であることは間違いなかった。

そういえば、ここに案内されたとき、室内の豪華なしつらえに比べて、窓が小さくて暗いのに気づいて妙に思った。しかし窓が大きく、光をぞんぶんに取り入れるパロ様式に慣れているせいで、そう思うだけかと思ったのだ。調度がパロ風なのに、建物がケイロニア風の作りになっているから違和感が目立つだけだろうとそのままにしておいたのだが、こういういきさつになってみると、はじめから、監禁室としてここを使うつもりだったのだろうかという気になってくる。

怒りがむくむくとわき上がってきた。打たれたわき腹が痛む。無理に体を伸ばし、痛みにびくっと身を縮めてから、腹立ちまぎれにうめき声を上げつつ体を屈伸した。こわばっていた体が少しずつほどけてきた。

頭をふって髪をはらいのけ、耳をすます。何も聞こえない。しばらくそうしていたが、なにひとつ音がしないのであきらめた。ここは城のどのあたりだろう、と思ってみたが、ワルスタット城の詳細を知らないのでは、それを知ったところでどうにもなるまい。

——いったい、どういうことなの？

立ったまま、油断なく室内を見回しながら頭をめぐらせた。アクテ夫人はどうなったのだ。子供たちは？　あのグスト男爵と名乗る男はほんとうにワルスタット城代なのか？　ウィルギスというあの騎士は？　パロでのことをこの城の人間は知っているのか？　ディモスのことは？

わからないことがあまりにも多すぎた。もう一度頭を振り、額に手を当てる。順を追って考えてみよう。

まず、アクテ夫人と子供たちだ。どうなっているのだろう？　まず思いついたことは、夫ディモスと同様に竜化の呪いにかけられたのではないかという恐ろしい疑いだったが、もしそうなっていれば、ワルスタット城自体が正常を保てているわけがないと考えて却下した。もし夫人が竜化していれば、今ごろ城内はパロかワルド城の二の舞になっているはずだ。

では、死んでいるのか？　なんとなく、それもなさそうな気がする。あくまで勘ではあるが、夫人に会いたいと問いつめたとき、泳いだ相手の目がなんとなく、宙をさまようようでいてどこか一点を探ったように思ったのだ。なんらかの理由で——何であるかはわからないが——夫人が死んでいれば、もっと違った反応が返ってくるように思う。

グスト男爵ははじめ、リギアとマリウスをもてなすふりをしようとした。なぜだろう？　気づかれずにやりすごせると思ったからか？　もしそうならおめでたいとしか言いようがないが、マリウスが葡萄酒を飲んで昏倒していた（彼はどうしているのだろう？　それにブロンやほかの騎士たちは？　いや、それはまた後で考えよう）ことを考えれば、すでにリギアたちを取り込めて監禁する計画であったとも思える。

ウィルギスというあの男（騎士とはもはや呼びたくない）は、グスト男爵に対して横柄な口を利いていた。すると男爵はやはり男爵ではなく、もっと身分の低いものが詐称《さしょう》していたことになる。あるいは、ウィルギスという男がもっと身分の高い人間なのか。

どちらが指揮をとっているかを考えれば、口の利き方からしてウィルギスの方なのだろう。真の城代はウィルギスなのか、それとも違うのか。本物のグスト男爵は殺されるか閉じこめられるかし、入り込んだ何者かが、男爵と騎士のふりをしてワルスタット城を乗っ取っているのか。誰が。なんのために。

閉じこめられる……。

アクテ夫人。それに子供たち。彼らもまた監禁されているのだろうか。なぜ？　誰が？

考えるとますます混乱してきた。彼女たちを監禁することに何の意味がある？　パロでのディモス侯の悲劇はここには伝わっていないのか。あるいは、考えたくはないことだが、クリスタルを蹂躙したあの異界の魔道の使い手が、ここにも魔手をのばしているのか？

これもまた、違う、という気がした。グストもウィルギスも、ごく普通の人間に見えた。魔道の影響下にあるようには見えないし、ワルド城に滞在していたときと違って、ワルスタットへの訪問はまだ短い時間でしかない。先回りして罠を仕掛けている時間はないはずだ。

それに、グストや召使いたちの言動からして、彼らもまた、リギアやマリウスの存在におどおどしていたように思う。まるで秘密が露見するのを恐れているようだった。

彼らがアクテ夫人と子供たちを監禁しており、その事実に気づかれるのを恐れている、というならばつじつまは合う。誰が、なぜ、そんなことをさせているのかという謎については不明のままだが、とにかく、グストとウィルギスが当面、その仕事に関わっている人間であることは間違いないだろう。

もう一度、強く頭を振って思案の雲を払い落とす。座ったまま、あれこれと考えをめぐらせているのはリギアの性分ではない。

とにかくここは、アクテ夫人と子供たちは何者かの手で監禁されており、ワルスタット城は悪漢どもの手によって乗っ取られていると仮定してみよう。もしそうであるならば、次にしなければならないことは、夫人がどこに監禁されているか探り出し、できるならば、救い出すことだ。誰が、なぜ、という問いは、そのあとでもよい。

立ち上がって、再度窓のところに行く。掛け金を詳細に調べた。もとは単に受け金に棒をかけるだけの簡単なものだったが、それが、針金でぎりぎりと何重にも巻きつけられている。

針金は太く、指でひっぱってもぴくりともしない。リギアは服を探った。部屋に運び込まれた荷物に剣や鎧も入っていたはずだが、当然のようにそれらは運び去られている。身につけているのは夕食の席にと身につけさせられた青いドレス一枚で、はずす手間も恐れたのか、紫水晶の装身具類も、留め金のついた靴もそのままだ。

ブローチをはずし、その止め針をてこに使って針金を押し上げてみる。針はすぐに曲がってしまったが、細工のとがったところを使って、針金の浮いたところに差し込み、ひねってみると、わずかに動いた。

肩と腕が痛むのを感じながら、ぐいぐいと押し込んで動かす。汗で手がすべり、爪が鉄にぶつかった。涙がにじむほど痛かったが、歯を食いしばってさらに動かす。また少し針金が動いた。きっちり巻きつけられた端が少し浮いて、指でつまめそうに見える。

焦ってつまもうとして、とがった先を指に刺してしまった。血がぽつりと浮いた指を吸い、心の中で自分と世界に対する悪罵《あくば》と叱咤《しった》を並べる。今は痛がっているひまなどないのだ。なんとかしてここを脱出して、いったいなにがどうなっているのかを調べなければ。

必死にひっぱったりひっかいたりしているうちに、爪がぼろぼろになってしまった。呪いの言葉をひとり呟き、手にしたブローチをもう一度つっこむ。やわらかい銀製のブローチはふちが曲がってきて、もはやあまり役には立ちそうになかった。

じれて、首から首飾をむしりとり、指先に鎖を巻いて針金を押し込む。こちらは小さい分、ブローチよりもさらに扱いにくかった。それでも、滑り止め代わりに指に巻いた鎖のおかげで、また少しずつ針金が持ち上がりはじめた。一周分近くの針金が持ち上がったのを確認して、リギアは小さく勝利の叫びをあげた。

入り口の扉あたりで物音がした。リギアはさっと跳びあがり、首飾を首につけて、寝台の上に腰をおろした。扉が開いて、騎士ウィルギスと名乗っていた、あのいかつい顔立ちの浅黒い男が、兵士とともに入ってきた。

「ご機嫌はかんばしくないようだな、姫君」

「あたしは姫君じゃないわ。あなたが騎士でもなんでもないのと同じようにね」

冷たくリギアは言い返した。窓のほうは断固として見ないようにする。少し調べれば、開けようと奮闘していたことは明らかだ。気づかれればさらに堅く固められるか、別の部屋へと移されてしまうかもしれない。

「あなたは誰なの？　あの、グスト男爵と名乗っていた男は？　アクテ夫人と子供たちはどこにいるの？　あたしたちをこうやって閉じこめたのはなぜなの？」

「質問が多いな」

男は、沈着さを装っているが、いくぶん当惑してもいるようだった。女性は家庭を守る妻であることが第一の美徳とされるケイロニアでは、男のように剣をとって戦うリギアのような女は理解しがたいのかもしれない。

「おまえたちは言葉のとおり、パロの人間なのか。あのブロンという騎士は、クリスタルが蛇か鰐《わに》のような異様な怪物に蹂躙されて壊滅した、と言っていた。それは本当なのか」

「ええ、本当よ。あたしたちはそこから逃げ出してきたの」

リギアは言い返した。

「数日前まではワルド城にいたわ。そこでも同じ魔道が追いかけてきた。嘘だと思うなら、ワルド城のドース男爵に使いを出してたずねてごらんなさい。あたしたちのことを教えてくれるはずだわ。グインが訪ねてきたことも教えてくれて、あたしたちの身元を保証してくれるはずよ」

「グイン王だと」

ヴィルギスの目が大きくなった。

「おまえたちはグイン王に会ったというのか？　直接？　だが、王は戴冠式の前後には確かにサイロンにおられたはず……」

「そんなこと、あたしは知らないわよ。でも、グインとは個人的に親しい間柄なのは本当よ。マリウスだってそう。あたしもだけど、特に彼は王になる前のグインといっしょに旅をしてるから、あたしよりも彼のほうが親しいかもね。ブロンだって、ワルド城でグインと話をしてるわ。嘘だと思うなら聞いてみなさい」

妙なことに、城を乗っ取った悪漢の一派であるはずなのに、グインの名前は一定の畏怖と敬意を、かつ疑念を、一団に引き起こしたようだった。後ろに群れている兵士たちがざわざわと不安げにささやきあい、ヴィルギスは濃い眉を寄せて、思案するようにリギアをじっと見つめた。

「グイン王……」

　彼は呟いた。

「それが事実かどうかはひとまず置いておこう。だが、クリスタルが壊滅したというのはどういうことなのだ？　おまえが話すような事態は、いっさいここには伝わってきていない。ディモス侯は変わらずこちらに使者を送ってこられる」

　漫然と何かを指し示すように手を振り、

「先日も、文書を持った使者が、ここを経由してサイロンにのぼったばかりだ。おまえが話すようなことがもしあったならば、あの文書を書いたのはいったい誰だというのだ。文字も、印章も、間違いなく侯ご本人のものであったぞ」

「なんですって？」

　リギアは愕然とした。ディモス侯の文書？　使者？

「それは、パロから送られてきたっていうの？　ディモス侯の名前と手跡で？　正式の印章が捺されて？」

「むろんだ。侯はパロ駐在のまま、文書でわれわれに指示をくだされる。以前と同じく」

　リギアははげしく混乱した。あのクリスタルの惨状がくっきりと脳裏によみがえる。

ばかな。あの虐殺と酸鼻《さんび》のただ中で、ディモス侯だけが生きている、しかも何事もなくなど、ありえない。何かの間違いではないのか。思わず口を開いて、

「それは本当にディモス侯なの？　誰かが侯の手跡と印章を使って、文書を偽造しているってことはないの？」

「間違いない」

ウィルギスの声にわずかに怒気がこもった。

「私は主人の手跡を見間違えるほど目がくらんではいない。送られてくる文書は間違いなくディモス様のお手になるものだ。私たちはディモス侯のご命令に従って行動している。常に」

「わたしやパロの王太子を監禁することも含めて？」

これは痛いところを突いたようだった。ウィルギスはむっつりと黙り込み、ドレスを身につけて寝台に座り込むリギアを見た。

「パロの王太子がこのようなところにいる理由はない。おまえたちは不審者だ。なんの理由があってそのような身分を詐称する」

「詐称なんてしていないわ。わたしはパロの聖騎士伯リギア、連れはパロ王太子アル・ディーン王子。さっきも言ったように、ワルド城のドース男爵に照会してちょうだい。まさか、グイン王がきて直接言葉をかわした相手をつかまえて、身分詐称だと主張する

つもりじゃないでしょうね」

グインの名前が出ると、相手はぐっと言葉に詰まった。「グイン王」ぶつぶつと彼は言った。

「そうよ、グインよ。でなければ、そうよ、直接サイロンのグインに問い合わせてくれたっていいわ。すぐにあたしたちの身元を確認してくれるはずよ」

「グイン王は現在サイロンに不在だ」うなるようにウィルギスは言った。

「それに、グイン王には……」

「グインは帝位をつけ狙う国賊だ」

後ろのほうで興奮した声が挙がった。若い兵士が、顔をまっかにして前に進み出てきた。

「女にケイロニアの皇帝がつとまるわけがない。グインはオクタヴィア皇女を位につけて、その後ろで自分がケイロニアを意のままにするつもりでいる。あの獣人を放置しておくのは危険だ。ケイロニアの帝位は、もっとふさわしい人物に譲られるべきだ」

「タリス！」ウィルギスの声に刺すような警告がこもった。タリスと呼ばれた若者はびくっとし、それでもせいいっぱいの虚勢をはるように、異論があるなら言ってみろといいたげにあたりをみまわした。数人が彼の視線を避けて目をそらした。リギアは早鐘をうつ胸をおさえた。

「あなたたちは……オクタヴィア女帝の即位に不満なの？　グィンの存在にも——」

「それはおまえの知るべきことではない」

冷たく言って、ウィルギスは向きを変えた。

「グイン王は現在サイロンにはおられない。照会することもできない。おまえたちは身元不明の不審人物であり、事情がはっきりするまで解放することはできない。パロについての虚言も含めて、いずれ説明は聞かせてもらうぞ、女」

「待って！」

われにもなくリギアは動揺していた。

「待って、どういうことなの？　本当にディモス侯は生きてるの？　アクテ夫人はどこ？　どうなったの？　あなたたちはいったい何をしようとしてるの？」

ウィルギスはもう何も答えなかった。兵士を連れて出て行き、扉が閉まった。外から錠をおろす音がひびいた。リギアはまたひとりきりで取り残され、前よりもたくさんの疑問をかかえたまま座り込んでいた。

オクタヴィアの即位に不満をもつ者がいる。

そのこと自体は当たり前だろう。どのようなことにつけ、権力にかかわることの周囲ではさまざまな人間の意図や利益が渦を巻く。オクタヴィアが帝位につくことによって利益を得た者もいれば、不利益をこうむったと感じる者も確実にいるはずだ。

しかし帝位がすでに定まったいま、それを口に出すことは国家への反逆にほかならない。あの若い兵士ははっきりと、女帝であるオクタヴィアへの不満を口にし、さらに、グインへの疑念をおおっぴらにしていた。前者よりも、後者のほうがリギアにとっては衝撃だった。なんとなく、ケイロニアの国民は全員がグインに心酔しているものだと思いこんでいたのだ。

考えてみれば、そんなことがあるはずもなかった。国民ひとり残らずに心から愛される施政者などいるはずもない。どれほどグインがすぐれた王であり、英雄であろうとも、そのことを憎む人間がいてもおかしくはないし、どれほどすぐれた人物であろうと、利益に反するとなれば簡単に人は反感を抱くものだ。

それでは、彼らの利益とはなんだろう。あの兵士は「ケイロニアの帝位はもっとふさわしい人物に譲られるべき」と口にした。漠然とほかの誰か、というよりは、明確にだれか想定している人物がいた上での発言と考えたほうがいいだろう。それでは、それはいったい誰だ。

「……ディモス侯……？」

思わず口から言葉がもれ、はっと口をおさえた。

まさか。そんなばかな。温厚篤実、生真面目で家庭と子供たちを愛する生粋《きっすい》のケイロニア人であるあのディモス侯が、そんな野心を抱くことなどありえるだろうか。

しかも、あのクリスタルの虐殺をのがれて生き残っている、どころか、そのことなどなかったようにしてワルスタットに変わらず連絡をとっているなどとは。もし生き残っていたとしても、あの荒れ果てたクリスタルになどいられるわけがない。リギアたち同様なんとかして脱出し、どこかの街から連絡を送ってきたというならわかる。だが、ウィルギスはリギアの話を信じず、パロはいまだになにひとつ起こっていないと信じているようだ。ディモスの文書には、そのようなことなどなにひとつ触れられていないと。

しかも――さらに考えを進めてリギアは愕然とした――ウィルギスは、自分たちはディモス侯の命に従っていると明言した。いま、この城で起こっていること、行われていることのすべては、ディモス侯の命令になることということだ。自分たちの監禁についてはおくとしよう。だが、アクテ夫人と、子供たちのゆくえについては――。

――暗殺？　それとも監禁？　ディモス侯が？

あれだけ愛し、大切にしていた妻子をディモス自身が監禁あるいは害することがあるなどと、とうてい考えられない。

だが、現に、なんらかの陰謀がここワルスタットで進行している。どんな理由でかはわからないが、それは、ディモス侯、あるいは巧妙にディモスを偽装した何者かの意志によって行われている。

どうやらそれは、女帝オクタヴィアの即位を不満とし——ぶるっとリギアは身を震わせた——グィンの存在にも反感を持つ人間によって扇動されているものであると思われる。そして、その人間が帝位につくにふさわしい人間として名指ししているのは、ほかならぬ——。

衣擦《きぬず》れの音をたててリギアは立ち上がった。

もはや黙って座ってはいられなかった。ここでは何かが起きている。ひどく危険な、陰険なことが。自分が監禁されているあいだに、アクテ夫人、もしくは、誰か犠牲になった人間が苦しんでいることは明白だ。なんとかしてここから脱出し、城内で何がたくらまれているかを明らかにする。そしてもしできるなら、不明のアクテ夫人なり子供たちなりを見つけ、救い出すようにしなくては。

ひとりで何ができるのか、という疑問は頭にうかばなかった。モンゴールのパロ侵攻のとき以来、独力で間諜めいた仕事をするのには慣れているリギアである。寝台をすべりおり、もう一度、窓に近づいた。先ほどゆるめた針金が、半分宙に浮いたままになっている。

首飾をもう一度はずし、こじ入れて、ねじった。また少し先端が持ち上がり、力をかけられる場所が広がった。しばらく力を入れて、首飾がすっかりつぶれて役に立たなくなったころには、かなりの幅の針金が首を伸ばしていた。

二、三度指で押してみたが、ただ細い金属が肌に食い込むだけで動かない。鎖を指に巻いてひっぱったり押したりしてみたが、指ではどうにも力が入らず、それ以上のばすことができない。
服の袖や裾を使ったりもしてみたが、薄い絹地はすべりやすく、鎖よりももっと役に立たなかった。懸命にさぐりまわるうちに、靴を脱いで、その踵《かかと》を使うことを思いついた。

靴を脱いで手にはめ、踵の部分を針金におしつけて、体重をかける。何度か靴がぐらついてすべり、転んで、壁に頬や額をぶつけたが、針金は少しずつ広がって、指でつまめる程度から手をかけてひっぱれるほどにまでほぐれてきた。

あらためて鎖と布を手に二重に巻きつけ、渾身の力でひっぱる。太い針金はじりじりと曲がり、しだいしだいに伸びてきた。

途中で、部屋の卓上にあった燭台の先を使うことを思いつき、さらに速度が上がった。二刻《ザン》近く、汗だくになって奮闘した結果、ぐるぐる巻きになっていた針金は伸ばされ、掛け金からカタンとすべり落ちた。

リギアは肩で息をしながら、ようやく自由になった掛け金をしばらく見つめていた。幸運というべきか、彼らが女と軽視して、この程度の固めかたにしておいてくれて助かった。

リギアがもしこんなことをするなら、窓の掛け金など溶接するか、そもそも窓などない部屋に放り込む。ウィルギスなりグストなり、彼らにも油断があったのか、それとも、本心ではなんらかの葛藤があったがゆえの遠慮がこうしたのかはさだかでないが、とにかく、脱出のとばくちをあけられるようにしておいてくれたのは感謝してもいい。

リギアはスカートの裾をつかみ、音を立てて裂いた。細く裂いたものをいく筋も作ってつなぎ合わせ、さらに、腰帯もつなげて長い綱を作る。脚はほとんど太股までむきだしになった。

下の重ねスカートを真ん中から裂いて、両方を脚通しの形に脚にくくりつけ、足首を袖を裂いて作った紐で縛った。ふわふわした白い霞《かすみ》を両足にまきつけているようなこっけいな姿になったが、こうしておけば、石壁や床に膝をついても傷つくのを避けられる。すべりやすい長靴下を脱ぎ、包帯のようにぐるぐると足に巻きつけて、その上から紐でしめつける。誰かとぶつかった場合、裸足で戦うわけにはいかない。思わぬ凹凸や小石を踏み抜いて、痛みにひるんだところを不意をつかれるのはごめんこうむる。

掛け金をはずして窓をおしあけ、作った紐を木戸の隙間に通し、しっかりとくくりつける。身を隠してしばらくあたりをうかがったが、どこからも警告の声はあがらなかった。

眼下は垂直な石の壁で、城壁がすぐ近くに迫り、その下に、石で敷いた小道がうねりながら伸びている。夜闇に、灯火がいくつか城壁に揺れている。人の姿はない。月はなかばで、藍色のうす闇は目をこらせばなんとか見通せた。ささやかな灌木の茂みがいくつかあるが、そのほかに、身を隠せそうなものはなにもない。

急いだほうがよさそうだった。リギアは身を乗り出して窓枠を乗り越え、地面に垂らした紐に体をあずけた。両手にしっかりと紐を巻きつけ、布を巻いた足を石壁にすえる。下から吹き上げる夜風が髪をなぶる。リギアは唇をかみ、痛む両手に力をこめながら、一歩一歩、垂直な石壁をくだっていった。

3

下に降りたときには肩や腰がきしみ、膝がずきずきしていた。ワルド城での療養と馬車での旅で、体力が落ちていることは明白だった。呪いの言葉をつぶやきながら、リギアは上を見上げた。灰色の石壁に、青と白と金色の布の綱が窓からぶらさがっている。なにがあったのか一目瞭然だが、綱をはずして隠すすべはいまのリギアにはなかった。発見されるのは時間の問題だろう。できるのは、今すぐ、ここを離れることだ。

忍び足で灌木の陰にかくれ、暗がりを縫うようにしながら城の本丸のほうへと向かう。リギアが閉じこめられていたのは東側に離れて建てられた別棟のようで、頭上にはすらりとした美しい新カナン様式の尖塔が夜空にくっきりと影をうかばせている。足もとでかさこそと芝草が音をたてるほかは、自分の呼吸以外に何の音も聞こえない。

息をひそめて小道をわたり、城壁の反対側に達したとき、鋭い叫び声が後方であがった。どうやら、脱出に気づかれたらしい。

リギアは冷静に受け止めた。全身を耳にしてあたりの様子をうかがい、近づいてくる気配に注意する。前方からさわがしい音が聞こえてきて、さっとくぼみに身を隠した。甲冑に身をかためた兵士の一団ががちゃがちゃと剣を鳴らしながらやってきて、通り過ぎていった。リギアのあとにしてきた部屋のほうだ。

好きなだけ、からっぽの巣をかぎまわるといいわ、とリギアはつぶやいた。その間に自分は、好きなだけ城内をかぎ回れるというものだ。

リギアはつま先だってワルスタットの本丸に忍び入った。だれもいない通路には、点々と松明の火が揺れている。

上層に行けば主人やその家族、客人のための華麗な部屋があるのだろうが、リギアが足を踏み入れた場所は下働きのための裏口か何からしく、下の石畳はすり減っていて、あちこちに土や泥のかたまりが転がり、野菜や薪の大きな束が山積みになっていた。ときおり燭台や水桶、からになった皿、水盤などを手にした城の人間が通る。そのたびに息をひそめ、物陰にかくれながら廊下を進んだ。深夜であったことが幸いした。宵の口であればもっと人通りも多く、忍び歩きは難しかったことだろう。

しばらく壁や床に張りつくようにして進む。明かりがついて物音がしているのは、厨房だろう。明日の朝食の準備をしているに違いない。パンを焼いている匂いが強くしてきて、口の中につばがわいた。あの夕食の席では、結局、たいした食事はできなかったのだ。今さらのように、空腹が強くリギアの意識を刺激した。

断固として押し殺し、さらに進む。いくつかの角を曲がり、突き当たったり、外に出てしまったところを後戻りしているうちに、上階へあがる階段に行き当たった。そっと足を乗せる。かなりの年月、多くの人間が行き来したせいか、中央がすりへってくぼんでいた。おそらく、使用人が主人の用をたすために行き来する階段だろう。これをあがれば上層へ入り込めるに違いない。

遠くでまた怒ったような叫び声がした。兵士たちはまだ外を探しているらしい。リギアは忍び笑って、すばやく階段をかけ上がった。上階に行けば衛兵や城の人間に見つかるかも、という考えが頭をかすめたが、それを恐れていては脱出した意味がない。

とはいえ、自分がなにを探しているのか、リギアにも正確にわかっているわけではなかった。この城ではなんらかの陰謀が行われている。それは確かだ。だが、その首謀者が誰なのか、なにを見つけてどうすればその陰謀をあばけるのか、またあばいてどうするのかに関しては、まだ何の考えもなかった。

——ディモス侯が生きているとしたら……

ディモスが生きており、仮に本物であると仮定してみた上で、ウィルギスやあの兵士の言動を総合して考えてみた場合、浮かんでくる可能性はひとつだ——考えるのも恐ろしいが、

（ディモス侯がケイロニアの皇帝位を望んでいる……？）

およそ考えられない可能性だが、そう考えればとりあえずのつじつまは合う。女帝オクタヴィア、およびその擁護者であるグインへの反感、パロの異変を知らないという主張、自分たちはディモス侯の命で動いているというウィルギスの言葉。

ケイロニアはアキレウス大帝の統治下で長い繁栄を続けてきたが、本来、ケイロニアの皇帝位は、血筋はむろん考慮されるにしても、基本的には十二人の選帝侯の会議によって決定されるものである。会議のゆくえ、あるいは、候補者の顔ぶれによっては、帝室以外の血筋から候補者が選ばれるという事態も、ありえないとはいえない。

オクタヴィアは女である。しかも、正嫡《せいちゃく》のシルヴィア皇女と違って、あくまで妾腹《しょうふく》の生まれであり、宮廷で成長したわけでもなく、それなりの年齢になるまで街場で育ち、貴族としての教育も受けてはいない。オクタヴィアが帝位につくことを嫌悪する人間がその理由とするには十分だ。

だからこそ、リギアやその他ほとんどの人間は、ケイロニア王にして、名高い英雄であるグインが、そのままケイロニア皇帝として即位すると考えていたのである。能力、実績、民の人気と欠けたところはなく、廃嫡されたとはいえ正統の継嗣《けいし》であるシルヴィア皇女の夫でもあり、縁戚としては文句のつけようがない。豹頭の異形はあるにしても、それは英雄の名声を高めることはあっても傷にはならないのが現状だ。

実際、今でもリギアはグインがケイロニア皇帝の座につかなかったことを、少なからず不満に思っている自分を発見していた——自分のみならず、グインのために。彼は長いあいだ、ケイロニアのために尽力し、さまざまな偉業をケイロニアのために捧げてきた。豹頭の異形は彼の王冠の英名をいや高めることになるだけで、けっして見下げることにはならない。神話の英雄を皇帝としていただくことは、ケイロニアの威信をより高くすることにはなっても、おとしめることにはならないはずだ。

ワルド城にグインが訪問してきたとき、ヴァレリウスと彼のあいだにどのような話が交わされたのか、リギアは知らない。おそらく帝位の継承と、なぜグインが帝位につかなかったかの問いは、ヴァレリウスも発したのだろうと思う。

それについて、ヴァレリウスは誰にも語らなかったが、彼がリギアと同じ疑問を抱いていなかったはずはない。それはおそらく、ワルド城のみならず、ほとんどのケイロニアの民が抱いていた疑問でもあったはずだからだ。グインの答えはどのようなものだったのだろうとリギアはいぶかしんだ。外から見るかぎり、グインがケイロニアの皇帝となるのにさわりは見つからないし、むしろ、そうなることがもっとも自然で、ケイロニアのためにもなるだろうと思えるのに。

いや、そうでもないのかもしれない、とそこまで考えて思い直した。少なくともこの城には、グインも、そしてオクタヴィア皇女も、帝位にはふさわしくないと考えるものがいる。

ディモス侯。

もし彼がケイロニア皇帝に名乗りをあげるとして――とうていそんなことは考えられないが――選帝侯会議がそれを認めることなどありえるだろうか。ありえない、とリギアは結論した。妾腹とはいえアキレウス大帝の娘であるオクタヴィアがいることに加えて、何よりもグインがいる。彼をさしおいて、大帝の血族でもない一選帝侯が皇帝に即位することなど、誰もが狂気の沙汰だと思うだろう。

ワルスタットは力のある侯領ではあっても、ぬきんでた勢力を持つというわけでもない。ディモス侯自身も、誠実で知られた人ではあっても、政治的な手腕や武力に長けているという話は聞いたことがない。なぜそのような人物がケイロニアの帝位を望むのか、その理由がリギアにはとうてい想像できなかった。

ひらけた回廊を影から影へとぬけていきながら、耳をすます。遠くで聞こえるざわめきが少しずつ近づいてきている。監禁されていた翼のあたりを捜索し終えて、輪をせばめてきているらしい。

すぐ下を松明を持った一隊が通り抜けていく。通り過ぎるまで身を低くしながら、こっそりと窺い見た。剣をきらめかせた兵士が五、六人、甲冑をがちゃつかせながら通っていく。あたりは庭園になっていて、石のベンチや花壇がととのえられている中を、松明のゆれる光が不安げに通り過ぎていった。神話の乙女や少年の彫像が、空白の瞳で時ならぬ騒ぎを何事かと見守っている。

部隊をやりすごしてしまってから、目を細めて夜闇のむこうを見透かした。ひとまず、マリウスを探そうか、いや、ブロンと合流するほうが先か。おそらく彼らも、リギアと同様どこかに閉じこめられているのだろう。やはりブロンと騎士たちだろうか。マリウスはこんな場合、なんの役にも立たない。さわぎたててよけい事態をややこしくするだけだ。

マリウスは自分のいた部屋の近くにいたのだろうという気がなんとなくした。はじめに案内された部屋がどこだかは知らないが、おそらくそれほど離れた場所ではなかったろうと思えるからだ。もしかしたらまだ盛られた薬がきいて眠っているのかもしれない。ありそうなことだ。あの気楽な小鳥ときたら、とリギアはいらいらと思った。人の気も知らないで、いつだってのんきにさえずることしか知らないんだから。

ブロンと騎士たちはどこだろう。人数がいる上、体力も武術も身につけている男たちだから、無理に監禁するのは容易ではあるまい。うまく言いくるめて別棟に押し込めてあるか。リギアとマリウスは、パロ王太子と聖騎士伯という身分を称したために念のためとらえたが、ブロンたちならば今宵一夜くらいは、一室に集めてこっそり武装解除させる程度か。マリウス同様、食事に薬を盛られて眠らされていることもありうる。それがいちばん確かかもしれない。眠らせてしまえば武装を剝ぐのも、ひとりひとり手足をしばりあげるのも簡単なことだ。

眠らせられていた場合、目を覚まさせて連れ出すのはまた一仕事になるだろう。見つけたら、しばらくは騎士たちのあいだで身をひそめ、目を覚ますのを待って事情を話し、今後のことを決めるほうがいいだろうか。ひとりで城内を歩き回っていても、なにもできることがあるわけではない……

ふと、リギアは頭をあげた。どこかから、細い歌声が聞こえたように思ったのだ。

耳を澄ます。確かに聞こえる。ぞっと背筋に氷が走った。声はかぼそく、悲しげで、とぎれとぎれに闇のむこうから聞こえてくる。

亡霊の声、そんな考えが頭をよぎり、リギアは自分を叱った。ばかね、そんなこと、あるはずがないじゃない。しかし、ワルスタットの暗く堂々とした城内で、どこかからかすかにこだまを響かせつつ細々と響いてくる歌声は、なんともいえず陰々としたものに聞こえた。

糸に引かれるように、リギアは歩き出した。回廊を抜け、階段を見つけて下におりる。庭園には白い彫像がいくつも立っていて、なめらかな白い顔でリギアを見下ろし、肌を粟立たせせた。

声はきれぎれに続いてくる。庭園を横切り、細い小道にはいった。右手に城壁がそびえ、左手には出てきたばかりの本丸のぶあつい石の壁がつづく。壁に手をつきながらそろそろと進んだ。頭上には藍色の夜空が広がり、本丸の大屋根がのしかかるように迫っている。

城壁のあいだを抜け、開けた場所に出た。本丸からみるとちょうど西の裏側にあたる。かざりのない草原が広がっていて、石畳の道が続いていた。道の先に、丸くて細いひとつの高い塔が建っていた。

歌は以前よりもはっきりとしていた。どうやら、この塔の上方から聞こえてくるらしい。

見上げると、本丸から細い渡り廊下が延びて、塔につながっている。リギアは忍び足で前に出て、影をぬいながら塔の周囲をまわった。

扉が一つあったが、厳重に釘と木片で打ちつけられていて、開けられないようになっている。どうやら、出入りできるのは本丸から続くあの渡り廊下だけらしい。

廊下を目で測ってみたが、登れそうな場所ではなかった。塔はそれほど高くない。せいぜい小尖塔、というくらいの高さで、三階か四階くらいの高さだろうか。てっぺんに小さな明かりがひとつだけ灯っている。歌はそこから聞こえてくるようだ。近づいたいまではそれが、悲しげな子守歌であることがはっきりとわかった。

――女の声……子守歌。まさか。

脳裏にひらめいたのはアクテ夫人のことだった。ひょっとして、夫人はこの塔の上に閉じこめられているのでは？

そう考えるといてもたってもいられなくなった。塔の周囲をまわってほかの入り口を探すが、釘付けにされた扉以外の出入りは、本丸からの渡り廊下ひとつに限定されているようだ。

そうした構えがよけいに、夫人がここにいるという確信を強くした。リギアはいったん後戻りし、庭園を通り過ぎるときに目をつけていた、庭師のものらしい道具部屋にもぐりこんだ。小さなこてや鋤《すき》、鍬《くわ》、種や苗、鉢などの庭園道具にまじって、輪にした縄が数巻き見つかった。

一巻き持って、塔のところへひきかえす。縄は苗の支えなどに使う種類のものであまり太くはなく、体重を支える役にはあまりたちそうもない。それでも、ないよりましだ。リギアは近くから手頃な石ころを探して、縄のはしにしっかりとくくりつけた。塔には内部に階段があるのか、間隔をおいて明かり取りらしい小さな窓があいている。頭が通るか通らないかの小さな隙間にむかって、リギアは縄をつけた石を、思い切り投げ上げた。

何度も失敗して石が落ちたが、十何どめに、コツンと音がして縄が止まった。何度かひっぱってみて、しっかり止まっていることを確認する。

縄を腰に巻きつけてしっかり締めると、リギアは足を壁にかけ、わずかな手がかりを頼りに、塔の壁をのぼり始めた。

さいわい、壁は風化が激しく、あちこちに指のかかるでっぱりや足を乗せられるくぼみが見つかった。ただ、風化している分、気をつけていないとすぐに崩れる。

何度かひやっとする目にあい、そのたびに、腰に巻きつけた縄でなんとか体勢を立て直した。必死に壁に突き立てているせいで爪はぎざぎざに折れ、つま先がはげしく痛む。爪の一枚や二枚ははがれているかもしれない。筋肉の痛みはいうまでもない。リギアは歯を食いしばって痛む全身をひきあげた。

石を投げた明かり取りまでたどりつき、ぶら下がって一息いれる。少し上に、また同じような明かり取りがある。うれしいことに、いまいる明かり取りに足をかけて伸び上がれば、なんとか手の届きそうな場所だ。

縄が切れぬようびくびくしながら体をひきずりあげ、明かり取りに足を乗せた。ぐらつく体をなんとか立てながら石をはずし、手に持って、上へと伸び上がる。上の明かり取りの下のはしに手が触れた。手にした石を縁から投げ込み、ふちにしっかり止まるように配置する。縄をひっぱって再確認し、しっかり止まったことを確認すると、安堵して、再登攀《とうはん》を開始した。

遅々とした歩みだったが、なんとかリギアは登りつづけた。最後の明かり取りの窓にたどり着いたときには指もつま先もしびれて感覚がなくなり、腕も背中も腰も気が狂いそうに痛んでいた。

しかし、目当てにしてきた窓はすぐそこにある。今ではは っきりと歌声が耳に届いていた。涙をこらえて歌っているような、胸を突き刺す悲しげな声だ。最後の距離をうめきながら乗り越え、リギアは目指す窓の下へとたどりついた。

そこは硝子をはめた出窓のようになっていた。ほかの無骨な作りとは違った瀟洒《しょうしゃ》なかざりがあり、窓枠はうねる蔓草模様で縁取られていて、周囲の石組みにも優雅な彫刻が手に触れた。

リギアはそっと伸び上がって中を覗いた。中は明かりがともった、小さな部屋になっていた。塔の大きさにみあったさほど広くもない部屋で、そこに、大きな長椅子や寝台、敷物、クッション、色を塗った衣装箱や化粧台などが雑多に押し込まれている。

年齢も性別もばらばらの子供たちが、長椅子の上に寝そべったり、床に座ったり、寝台の上に横になったりしていた。上は十代なかば、下はまだごく幼い。

寝台の上には、肩幅の広い堂々とした婦人が腰を下ろし、幼い子の頭をひざに乗せて撫でながら、子守歌を歌っていた。

細くあいた窓の扉から、絹糸のような歌声がもれてくる。リギアは思わず伸びあがり、握った拳でするどく窓を叩いた。

歌声がやんだ。

「誰です」

おびえを外に表すまいとする抑えた声だった。

「そこにいるのは誰。何の用です」

「わたしは……味方です」

ほかにどう言えばよいのかわからず、リギアはそう応じた。

「あなたは……アクテ様でいらっしゃいますか？　ディモス侯の奥方の」

婦人は小さな叫び声をあげた。

そして膝の上から子供を抱き下ろし、威厳を失わない程度の早さで、窓に寄ってきた。窓を押し開け、すぐ下に危なっかしくしがみついているリギアを驚愕の目で見る。

「まあ、なんてこと」

「申し訳ありませんが、中へ入れていただけませんか」

歯を食いしばって、リギアは言った。背中と足腰の痛みが限界に達している。回復しきっていない体力で無理をしすぎた。渾身の力をこめていないと、窓枠をつかんだ指が離れそうだ。

夫人は瞬時ためらったが、すぐに、近くにいた年かさの息子を呼んで、手伝わせた。窓が大きく開けられ、リギアは夫人と子供二人の手につかまれて、中へひっぱりこまれた。

4

無事に床におりると、全身から力がぬけた。ずるずると倒れ込むリギアに、夫人がまだ警戒しながらも、心配そうにかがみこんだ。

「もし、あの、ご無事でいらっしゃいますか。気を確かにお持ちくださいまし」

「母上、これを」

年かさの少年が卓の上から水差しと杯を持ってきた。夫人は礼をいって受け取り、中身を杯にそそいでリギアの口もとに差しつけた。

気が遠くなりそうになっていたリギアはそれを飲んだ。水で割った葡萄酒の味がした。むさぼるように飲み干すと、いかにのどが渇いていたかが今さらのようにわかった。

しばらく呼吸をととのえているあいだ、不安げな視線が自分に集まっているのをリギアは感じた。口をぬぐって顔をあげると、大柄な金髪の美貌の婦人と、年齢のさまざまな男女の子供たちが、それぞれに恐怖や心配を顔にあらわして、部屋のあちこちから自分を見ていた。

「あなたはどなたです」

夫人が鋭くささやいた。疲れきったリギアの姿に心を痛めながらも、子供たちのためにも自分がしっかりしていなければならないと決意した母の姿だった。六人の、年齢もさまざまな子供たちを後ろにかばって、毅然と頭をあげている。

金茶色のゆたかな髪が、結われないまま広い肩に流れ落ちている。あわい薔薇色の部屋着に紅い紐を胸高に締め、透けるような上着をまとっていた。足には部屋着とそろいの薔薇色の室内履きをつっかけ、ふっくらした腕はなかば以上むきだしになっている。灰色の瞳は怯《おび》えと警戒と怒りがめまぐるしく移り変わり、水銀のように見えた。

「ワルスタット選帝侯ディモス様夫人、アクテ様でいらっしゃいますね」

問いかけるようにリギアは再度尋ねた。

「さようです」

婦人は震えながらも答えた。

「アクテはわたくしです。これはわたくしの子供たち。そして、あなた様はいったいどなたです。このような場所に、このような時間、このようなやり方ではいってこられたあなた様は」

「わたしはリギアと申します。パロ聖騎士伯、リギア・レリウス・アルリウス」

身を起こして、礼をとろうとしたが、それには疲れすぎていた。曲げようとした背中がずきりと痛み、リギアは思わずうめき声をもらした。

「事情あってこのワルスタット城を訪れました。人目を避けて城内を歩いていたところ、アクテ様の歌われる声が耳に入りまして、こちらに参りました」

「まあ……女のかたが」

嘆声とも非難ともつかない声を、アクテ夫人はあげた。それから血まみれで腫れ上がったリギアの両手足の先を目にして、ぎょっとしたように息を吸った。

「とにかく、火のそばにおいでなさいまし。その傷を洗って、手当をいたしましょう。たいしたものはございませんが」

「お気遣いなく」

傷はずきずきしていたが、リギアは思わずほほえんだ。理想のケイロニア婦人たるもの、どのような状況にあっても家庭的な心づかいは忘れずに出てくるものらしい。

子供たちが手伝ってリギアを暖炉のそばに運び、座らせた。小さい子たちが水と布を運び、夫人が手ずからリギアの傷を洗って、取り出してきた新しい白布で巻いてくれた。破れたドレスと裂いた布を身につけた珍妙な格好についてはつつましく無視された。どのみち、この状況自体が異常なものなのだから、その程度の非礼をいちいちとりあげることもないと思われたのか、どうか。

手当が終わると、夫人はふたたび暖炉のそばに座って、リギアと膝をつきあわせた。

広い額は白く、落ちくぼんだ眼窩の底で灰色の瞳がおちつかなげに動いていた。

「パロの方とおっしゃいましたわね。パロの聖騎士伯でいらっしゃると」

彼女は言った。

「そのようなかたが、どうしてこのような場所においでですの。事情あってとおっしゃいましたが、いったいどんな事情ですの。パロで、あの、なにか、事件でもございましたのでしょうか」

声が震えた。まばたきが激しくなり、夫人が涙をこらえていることをリギアはさとった。

「わたしの事情をお話しすると長くなります。先にお尋ねさせてください。アクテ様、あなた様はなぜ、お子様がたとともに、このようなところにいらっしゃるのですか」

ずばりとリギアは尋ねた。夫人はびくりと肩を震わせ、そわそわと左右を見て、上着をひっぱった。

「それは……あの、夫の命令で……」

「ディモス様がそのような命令をお出しになったのでしょうか」とリギアは追いかけて問うた。

「失礼ながら、わたしは、パロにいた時からディモス様のお人柄の評判をお聞きしております。たいへん優しく、愛情ぶかいおかたで、何よりも奥方とお子様がたを大切にしていらっしゃるおかたとのことでした。そのようなおかたが、なぜ、奥様とお子様がたを、このように一室に閉じこめるようなことをなさっているのでしょうか」

「……わたくしにも、わからないのです」

しばらく言葉に詰まっていたあと、せき込むように夫人は言った。

口に出してしまうと、一気に堰《せき》が切れたようだった。夫人は両手で顔を覆い、ゆたかな髪が垂れさがるに任せた。洪水のように言葉があふれた。

「ある日突然、夫の部下であるというかたがいらして、夫の命令でわたくしと子供たちは、この部屋で蟄居《ちっきょ》を命じられました。理由は教えてもらえませんでした。せめて、幼いユーミスやナディアだけでも乳母のもとに残してほしいと懇願したのですが、拒まれて」

かすかなすすり泣きがもれた。年上の少年が黙って母親のそばに座り、励ますように手をとった。娘たちが周囲に花束のように集まって慰めの言葉をささやき、幼い子は母の膝にすがってぱっちりと目を見開いている。

「今は一日に二度、食事とその他の必需品が運ばれてきますが、誰もなにも口を利こうとしません。書物や子供のための玩具、遊技盤などは与えられますが、外へ出ることはまったく許されません。いったいなにが起こっているのか、わたくしにもわからないのです。夫はいったい、どうしてしまったのでしょう」

夫人の肩にそっとリギアは手をおいた。

「パロで起こったことはお聞きになっておられませんか。ディモス侯からの命令というのは、たしかにそうなのですね」

「この部屋へ入れられる前に、たしかに夫の命令であることを納得させてもらえなければ従えないと言ったのです」

力なく夫人はかぶりを振った。

「手紙を見せられました。確かに夫の筆跡で、わたくしにあてて、自分が戻るまでこの者の命令に従うように、とそっけなく記してありました。あんな手紙の書き方をするかたではありませんのに。でも、筆跡はたしかに夫のものでした」

「まちがいありませんか。確かに、ディモス侯のお手になるものなのだったのですね」

「まちがいありません。信じられなくて、何度も読み返しましたもの。内容はともかく、確かに夫の書いたものでした。それ以前からいつになく、さまざまな部分が変わってきたように思われて気をもんではおりましたが」

長い髪をかきあげて、夫人は救いを求めるようにリギアを見た。

「リギア様——とおっしゃいましたかしら。長いお話、とのことでしたが、どういうことでございますの。こんな時間に、パロのおかたが、こんな場所にこんな格好で、どうしてやってこられましたの」

「まずは大事な部分だけにしましょう。簡単にいえば、わたしも監禁されかけたのですわ」

「まあ！」

「あいにく、自分で逃げ出してきましたけれど」

リギアはうす笑いを浮かべた。よき家庭の妻であるアクテ夫人には、破れたドレスを体にくくりつけて窓から抜け出したり、塔の壁を登ったりすることなどとうてい想像もつかないだろう。

「この城でなにが起こっているのかはわたしにもよくわかりませんが、人を閉じこめることが大好きなやからがいることは確かなようですわね」

「まあ……でも……そんな、いったいどうして」

おろおろと夫人は手をもみあわせている。自分の家庭である城でそんな暴虐が行われていることに、自分の身の上も忘れて腹を立て、混乱しているようだ。

「女のかたを閉じこめるなんて、そんなことが行われるのは許されませんわ！　いったい、誰がそんなことをいたしましたの？」

「ウィルギスという騎士が指揮を執っていました。あと、城代と名乗っていたグスト男爵という男も」

「ウィルギスは夫の直属の騎士ですわ」

知っている名前が出たせいか、夫人の口調は少し落ちついた。

「グスト男爵も城代でまちがいありません。彼はわたくしの遠い縁戚にあたるかたで、ずっと昔からこの城の差配を任せているのです。彼らがあなたを閉じこめたとおっしゃいますの？」

「ええ、そうです。夕食の席で、アクテ夫人はどちらにいらっしゃるのかとお尋ねしたら、脾腹を打たれて気絶し、気がついたら閉じこめられていました。わたしの連れもいましたが、そちらは酒か何かに薬を盛られて眠らされたようですわ。ほかの同行者も、どこにいるのかわかりません」

「それがウィルギスと、グスト男爵のしわざだとおっしゃいますの」

「少なくともわたし自身に関することであれば、間違いなくそうです」

「そんな、ありえません！」

絶望したように夫人は手を振った。

「ウィルギスは誰よりも夫に忠実な騎士ですわ。誇り高く清廉で、勇敢で、世間の何よりも夫の命令を大切に考えています。そのウィルギスが、まさか、そんな」

「でもわたしの腹に拳を食い込ませたのは彼ですわ」

容赦なくリギアは言った。

「今でもわき腹がずきずきします。きっと痣《あざ》のひとつやふたつお見せできると思いますわ。でも今そんなことをしている場合ではございませんわね。わたしたちは意志に反して閉じこめられているのですよ、アクテ様」

「その通りですわ。でも、いったいどうして?」

絶望したように夫人は首を振った。

「ウィルギスもグスト男爵も、けっしてそのようなことをする人間ではありません。夫もそうです。いったい、夫はどうしてしまったのでしょう。あのような男に従うように命令を下すなんて」

「あのような男?」

「ラカント、といっていました」

思い出すように夫人は額に手をあてた。

「確か伯爵、と称していたと思います。小柄で色の白い、品のよい装いをした男でしたが」

「お気に召さなかったのですか」

夫人は恥ずかしげに脇をむいた。家庭の妻としてのたしなみが、夫の部下への嫌悪をあからさまにすることを許さなかったのだろうが、リギアは、夫人がその相手に本能的ともいえる反感を抱いたと判断した。

「では、そのラカントという男がディモス様にかわってすべての命令を下していると考えてよさそうですね。その男がディモス様の名をかたっている可能性はありますか?」

「わたくしには、わかりません」

また夫人は当惑したようにかぶりを振った。

「ウィルギスやグスト男爵は、少なくとも以前から知っている人間です。でもあの、ラカントという人物はまったく知らないのです。でも、たずさえてきた夫からの書簡は間違いなく本物でした。それに、万が一わたくしが見誤ったとしても、あのウィルギスまでがだまされるはずはないと思います。彼は夫を、神のように慕っているのです」

しばらく額に手をあてて気を落ちつけてから、夫人はまばたいてリギアを見た。

「パロで起こったこと、とおっしゃいましたわね。パロでいったい、なにが起こったというのです。夫に、何かあったのですか。あなた様はいったいどうして、ワルスタットまでいらしたのです」

「そのことについては、いずれお話しいたします」

リギアはそう言って返答を避けた。この状態のアクテ夫人に、クリスタルでの異常な事件を話すことは得策ではあるまい。また、死んだと思っていたディモス侯の生存の可能性、および、考えづらいことではあるが、帝位への野望と妻子の監禁という、変節あるいは替え玉の可能性が出てきたということを、いま話して納得させられるとは思えない。

「わたしどもはグイン王に庇護をお願いするために、サイロンへ上る途中だったとだけお話ししておきます。その道中で、騎士ウィルギス率いる巡邏隊と出会い、城へ連れてこられたのです」

「グイン王に……」

考え込むように夫人は指を唇にあてた。その目に、グインの名を耳にした人がいずれも浮かばせる賛嘆の色が浮かぶのをリギアは見た。

「グイン王にお願いするとなれば重大なことですわね。パロで起こったことと、なにか関係がおありになるのですか」

「ええ、まあ。でもここでは重要なことではありませんわ。いま考えなければならないのは、アクテ様、あなた様とお子様がたを、どうやってここからお出しするかです」

「わたくしたちを？」

アクテ夫人は見るからにぎょっとし、だれかが聞いているのではないかというようにおどおどと左右を見回した。

「ずっとこのままでいいとは思っておられませんでしょう？　あなた様は不当に監禁されていらっしゃいます。お子様がたのためにもなりません」

「ええ、それは」

子供たちのことはさすがに心配らしい。周囲に集まった子供たちに腕をのばし、雛鳥

を守る母鳥のように抱きかかえて、

「でも、どうやって？　わたくしはあなた様のような技もなにも知りませんわ。子供たちはもっとそうです。わたくしは、自分ならともかく、子供たちが危険にさらされることはなにがあっても避けたいのです」

「僕たちは大丈夫です、母上」

いちばん上らしい母によく似た金茶色の巻き毛の少年が強く言った。周囲にいた姉妹らしい娘たちが、目顔でささやきあって賛意を伝えた。小さなおもちゃの剣と人形を持って母の肩によりかかっていた少年がかん高い声で、「母上をいじめる奴は、ラウルが許しません！」と叫んだ。

「ああ、マイロン、イアラ、ユーミス、ラウル」

夫人はこみあげる涙をとめることができないようだった。膝の上にいる二人の幼児を含めた全員をかき寄せるように抱きしめて、

「あなたたちは必ずわたくしが守ってあげます。……ああ、いったい、ディモス様はどうなさってしまったのでしょう。あんなに愛していたあなたたちを閉じこめよと命令されるなんて。せめてその理由だけでも尋ねることができれば。ヤヌスの神よ、わたくしの夫の上に、どんな運命をおかけになったのでしょうか」

抱き合う母子をリギアは、入り込めない小さな絵画を眺めるように見ていた。子供た

ちをかかえた夫人が涙にくれているその時、ふと、リギアの耳に遠くから規則正しく響いてくる靴音が届いた。リギアは立ち上がろうとし、足腰の痛みに苦鳴をもらして腰を落とした。夫人がおどろいて背中を支えた。

「どうなさいましたの」

「足音がします。……だれかが、ここに来る」

歯を食いしばってリギアは言った。

「わたしを隠してください。ここにいることが知れるとよくない。あなた様にも、わたしにもです。おそらく、わたしが脱走したことを知って、ここに異常がないか確認しにきたのでしょう。できるだけ、何もないふうをよそおってください。素知らぬ顔で」

「こちらへどうぞ、聖騎士伯様」

マイロンというらしい長兄の少年がすばやく動いた。寝台に積み上げられた枕とクッションを払い落とし、その中へリギアを押しこむ。横たわったリギアの上に掛け布をかけてふたたび枕とクッションを戻し、その周囲に、下の幼い二人を抱いて、舌を鳴らしながらそっと横たえた。

「さあ、ユーミス、ナディア、おとなしくしておいで。聖騎士伯様をお守りするのだよ。悪いやつらに見つかるようなことをしてはいけない」

ふたりの幼児はばぶばぶといい、手足を動かし、兄の言ったことがわかったかのようにぱっちりした目をまたたいた。

　アクテ夫人は涙をぬぐい、きりりとした表情を作って、暖炉の前で背筋を伸ばした。周囲にほかの子供たちが集まり、母を守るように身を寄せ合う。ひとかたまりに抱き合った母子の前で、本丸へと通じる扉が、きしみながらゆっくりと開いた。

「ご機嫌はいかがでございますか、アクテ様」

　寝台に埋もれて耳をすませているリギアの耳に、知らない男の声が届いてきた。ウィルギスでも、グストでもない。絹の手袋のようにしんねりとやわらかいが、肌にまといつくようなねっとりした感じがなんとなく不快感をかき立てる。

「あなたがそれをきくのかしら、ラカント伯」

　とげのある夫人の声が答えた。どうやら、たくらみの中心にいるらしい、ラカントという人物が出てきたようだ。

「わたくしはいつまでここにいなければならないの？　夫はなんといってきていますの。子供たちにこんな扱いをすることを、本当に夫は望んでいますの」

「私はディモス様のご命令通りにいたしておりますだけでございますよ」

　ラカントという男の姿は見えないが、声と話し方から、リギアはこれは信用できない男だと感じた。妙に甘ったるい声もそうだが、あやすような口調も気にくわない。これははなから、夫人と子供たちを軽く見てはばからない男だ。ディモスを主人としていると言っているが、本当だろうか。ディモスは本当に生きていて、このような男を使っているのだろうか。

だとしたら、あまりにも軽率といわねばならない。アクテ夫人は十二選帝侯領のひとつ、海の国アンテーヌのアウルス・フェロン侯の娘であり、あっさり閉じこめてもおとがめのないようなその辺の女とはわけが違う。不当な扱いがあきらかになれば、ワルスタットとアンテーヌのあいだで政治的な問題になってもおかしくない。なにを考えているのか知らないが、ディモス、あるいは、ラカントというこの男は、そのあたりのことをきちんと考えているのだろうか。

「もうしばらく、こちらでお待ちください、アクテ様。お約束いたしますが、あなた様は、こちらにいらっしゃることでしっかりご夫君のお役にたっていらっしゃるのですよ。実は今夜は、城内に犬が入り込みまして、兵士が少々出歩いております。お心を乱されているのではないかと思いまして。このような時間に、お騒がせいたしましてもうしわけございません」

「そのようなこと、知りませんわ。わたくしたちはここから出られないのですもの」

鋭い口調で夫人は言った。

「夫の役に立っている、というのは、いったいどういうことですの。わたくしは夫の留守を守り、子供たちを育て、このワルスタット城を切り盛りすることがわたくしの仕事だと心得てきました。夫もそう思っていると考えていました。なのに今になって、なぜ、わたくしと子供たちがこのような場所にじっとしていることが、夫のためだなどと思えるのです」

「ああ、それは、いずれご夫君が話してくださいますとも。大きな栄光と、名誉とともに」

掛け布の下でリギアは身をちぢめた。ラカントという男の視線が、なめるように室内を見回しているのを感じたのだ。外では見つからなかったリギアの痕跡を、あるいはここではないかと疑いながら探している目つきだ。リギアはやわらかい寝台に身を沈め、息を殺した。

「なにを見ているのです？」

アクテ夫人が怒気を装った声でとがめた。

「ここは女の寝ている部屋です。あなたがたがそうしました。女性の寝室をそのような目で見ることは失礼だと、だれかに教わらなかったのですか。無礼です。すぐに出て行きなさい」

「失礼をお詫びいたします、アクテ様」

小馬鹿にしたような口調でラカントは言ったが、動く気配は見せない。戸口に立ったまま、室内をじろじろ見ている気配は変わらない。リギアは意を決して、そっと枕を持ち上げ、戸口のほうをすかし見た。

兵士を後ろに連れて、ラカントなる男がそこに立っていた。小柄で、黒い髪、のっぺりとした特徴のない顔立ちで、妙に白い肌がおしろいでも塗っているように見える。赤ん坊のようにふっくらした唇の上に小さな口ひげをはやしており、そのひげを、考え込むように指でなでている。

その視線がなにげなくこちらへ回ってくるのに気づき、枕をおろして奥にもぐりこむ。どうやら気づかれなかったらしく、そのままラカントは違う方向を向いた。

「出ておいきなさいというのがわからないのですか」

強い口調でアクテ夫人が言った。その声の奥底に恐怖が揺れているのをリギアは感じ取った。夫人は恐慌を起こす寸前だ。一刻も早くラカントが出て行ってくれることを祈った矢先、ラカントが、「おや？」と声をあげた。

「どなたか怪我をなさったのですか？　アクテ様。窓のところに、何か赤いものが見えますが」

全身が冷たくなった。

リギアがこの部屋に入り込んだとき、窓枠についた血だ。おおかたは拭き取ったと思っていたが、まだ残っていたらしい。

「わたくしが先ほど、風をいれようと思って、指をはさんでしまっただけです」

夫人の声にははっきりと動揺があらわれていた。「ほう?」とラカントは片眉をあげると、ゆっくりと足を踏み出した。

「それはいけませんな。どれ、お見せください。医師を呼んだほうがよい傷かどうか、見てみましょう」

「いいえ!」

夫人はすばやく後ろに下がり、手を後ろに隠した。

「あなたの手はかりません。もう子供たちに手伝ってもらって、手当てはすませました。医者など、よんでもらう必要はありません」

「それでも、私はディモス様からみなさまのお身柄を預けられた身でございますので」

あざけるように言いながら、ゆっくりと室内に踏み入ってくる。夫人はじりじりと後ろに下がった。

「無礼者! 近寄ってはなりません。主人の妻に対して、なんという振る舞いをするのですか。わたしはあなたの仕える主の妻なのですよ」

「なんと言われましても、あなた様の身柄は、今は私に預けられておりますので」

肩をすくめてラカントは言い、体をすくめたアクテ夫人の上に身をかがめた。「母上をいじめるな!」と叫んで小さいラウルがおもちゃの剣でその臑《すね》をめったうちにするが、意に介さない。年上のマイロンの顔にははっきりと怒りが浮かび、下の姉妹たちは恐怖と恥辱に顔を赤らめて、しっかりと手を取り合っている。

ラカントの手が無遠慮に夫人の肩をつかもうとしたとき、「ラカント伯！」とだれかが廊下の方で呼んだ。

ラカントは手を止め、身を起こした。兵士がひとり、駆け足で入ってきて、ラカントの耳になにやら伝言をささやいた。寝台の中で息を殺していたリギアは、ラカントが、はっきりと息をのむ音をきいた。

「それでは、どうぞお大事になさってください、アクテ様」

急にそっけない調子になって、ラカントは扉へ向かった。

「急な呼び出しがあって、出向かなければならなくなりました。お騒がせしたことには、重ね重ねお詫びを申し上げます。どうぞおすこやかに、お休みくださいますよう」

兵士をつれて部屋を出ていく。紙のこすれるようなささやき声が届いた。扉が閉じられる前、かろうじてリギアの耳に届いたのは、「グイン！……」という、鞭でうつような鋭い一言だった。

あとがき

こんにちは、五代ゆうでございます。

今回から宵野さん不在ということで、少々たよりないというか不安な気持ちもありながらの船出です。いろいろとしんどいこともあるとは思いますが、がんばっていきたいと思います。あらためて、読者の方々にもよろしくお願いいたします。

さて今回は『永訣の波濤』ということで、タイトルの通りカメロンのお葬式が巻の中心になっております。

カメロンの死は、彼の偉大さに見合わないほどあっさりとした、言えばあまり美しくはない環境で起こった出来事でしたが、やはり彼の存在はとても大きなものですから、ゆくゆくはきちんと対応をしなければならないと思っておりました。今回、きちんと対応することができてよかったと思っております。彼も故郷のヴァラキアへ帰ることができて、ほっとひと息ついているでしょうし。

まあ、イシュトヴァーンのことは変わらず気になっているんでしょうけども。まだ機会が巡ってきていなくて彼については語れていませんが、いったいイシュトはどうする気なんでしょうねって私が言ってちゃだめなんですけど。彼のことですから、何かきっかけがあれば、（一種逃避のためもあるでしょうけれど）バッと行動に移行する可能性も考えられますから、そこまで話が進むまで待つしかありません。

沿海州の波乱がこれからクローズアップされていきそうな感じがあります。アグラーヤのボルゴ・ヴァレン王の野望はもちろんですし、ヨオ・イロナ女王なきあとのレンティア（王女であるアウロラの動向の問題もありますし）に、どうやらいろいろ画策しているらしいライゴールのこともあり、パロの問題はどうやら彼ら沿海州諸侯を抜きにしては終わらないようです。その一方で、ドリアンをさらってる勢力が誰なのかという問題も（パロにいるイシュトヴァーンがどう反応するかを考えると）ありますし。

ファビアンもくせ者の相貌を明らかにしてきました。彼がいったい何を考えていて、どういう目的を持っているのかは実はまだ私も知りません（ほんとに）。根っからの悪人というわけではないようですが、それなりの鬱屈と怒りをじっと抱え込んでいるようでいて、いまだに主人に縛られて身動きとれない状態でいることにも、満足してるようであきらめてるようで深くしんしんと怒っているという、かなり複雑なひとのようです。

盛大なカメロンの葬儀のかげで行われたオリー・トレヴァーン殺害ですが、これを行いつつファビアンが何を感じていたかは知るよしもありません。オリーに関しては、ロータス・トレヴァーンの弟でさえなければ、もしかしたら彼にも別の人生があったのかもしれませんが、彼が迎えた最期はこのようなものでした。彼もまたかわいそうな人であったということで、冥福を祈るのみです。


今回、巻頭からスーティがドリアン救出に動き始めました。まあちっちゃい子で、大丈夫かと思っていたらなんとグラチウスが同行することになりまして、スーティ以外はほぼ人外ばっかりという変な一行ができあがりました。幼児に狼に石にじじい、という、大丈夫かこれな一同ですが、グラチウス爺はあれでわりと世故に長けている人なんで、まあなんとかなるでしょう。ほかのメンバーはそういう面ではあんまり頼りにならないし。

悪役のわりになんともひょうきんというか、かなり愛嬌のある面も見せていたグラチウスですが、なんやら子守りを押しつけることになってしまってすんませんの一言です。まあたまには魔道ではどうにもならないことで苦労してもらいましょう。

というかですね、ぶっちゃけた話をしますと、前巻のあとがきで竜王に一時ひいてもらう話をしましたが、それと同じ理由で、グラチウスにもちょっと首輪をつけておきたかったのです。こう、彼があまりに元気だと、なんでもかんでも「みんなグラチウスって奴の仕業なんだよ！」「なんだって、それは本当かい⁉」という話になってしまって、それだとつまらないので、あえて彼に弱体化してもらいました。まあ弱体化しても、竜王さんとは違ってグラチーはいちおう人間なので、ちゃんとキャラとして活躍してもらう道はあります。とりあえずスーティの世話がんばってくださいな。

シルヴィア王女のことも心配ですが、それはまた次巻以降で書くことになりそうです。彼女も気の毒な女の子だとは思うのですが、どうもイシュトヴァーンと同じで、そんな方へ突っ走らない方がいいのにと思う方向へ方向へつっこんでいく傾向のある彼女、どうなるのでしょうね。できれば安穏な暮らしを与えてあげたいとは思うのですけれど、『売国妃』の名を冠せられることがすでに決定してしまっている彼女、これからの道のりはまだまだ遠そうです。

琥珀もどうやらすっかりキャラとして動くことになったようです。かなり進んだ文明の産物であるはずなんですが、彼女、やっぱりこうなんていうか、ＡＩによくある感じの微妙にポンコツなあれで、たぶんあとからスカールが知ったら「違うそうじゃない!」と悲鳴を上げそうな判断をしておりますね。

そういえば、考えてみればむかしのSFには、家自体にAIが内蔵されていて声をかければなんでもしてくれる、という描写がよくあったもんですが、今やグーグルホームなんかが実現されてしまって、さすがにまだ料理してくれたりなんかはしないものの、電気をつけてくれたり検索してくれたりは音声でコマンドできるようになってしまいました。ただ、技術は進化してもそれを使っている人間はアップデートされてないのがあれだなあ、とiPhoneのSiriにセクハラしてみたりグーグルホームにう○こう○こ言わしてみたりしている動画を見て思うわけです。未来感がいまいちしないのはそのせいか。

AIってものがいまいちポンコツに見えるのは、そういう人間とのズレの部分が、SFの中ではともかく、現実世界ではまだネタになる範囲でとどまっているせいかもしれません。グイン世界の産物である琥珀にまでそんなんが引きずられているのかどうかはわかりませんけども、スカールがスーティどうしたか知ったらどうすんだろなあ、と、書きながらちょっと思いはしたわけです。知らぬが仏ってこのことですな。

ヤガは順当に話が進んでいるというか、やっとじりじりと最後のカタストロフに向かって準備が進んでいるという感じです。今回はラストの大爆発への一歩手前というか、踏み切った瞬間に話が切れたので、たぶん次回かその次くらいでヤガはいったん結末迎える、のかしら。

スカールも合流して、アニルッダ青年も無事に協力することを了承してくれたようで、まあ一同的には安堵、な感じなのですが、ブランはやっぱり苦労人でした。うん、ごめんなスカールもなんか魔物とかそんなんに慣れてる人になっちゃってたなごめん。せっかくまともな人が合流してくれたと思ったのになあ。

スカールの思いがけない癒やしの技能については、馬の治療が人間にも通じるのかはわかりませんけど、まあ基本は同じということで。ていうか、こんなところでディック・フランシスを読んでた記憶が役に立つとは思わなかったなあ。

リギアとマリウス一行がなんだか窮地に陥っていますが、実は彼らははじめの考えでは、わりとなにごともなくサイロンにたどり着くはずでした。途中で、どう考えてもワルスタット城には通りすがるし、それではぜったいアクテ夫人のことにぶつからないはずはないと気づいて軌道修正したんですが、それで、書くのをちょっと楽しみにしていたマリウスとオクタヴィアがしんみり語り合う場面があとへ伸びてしまって、ちょっとくやしいです。かなり劇的に離別を選んだ彼らが、運命の回りあわせでふたたび同じ宮廷に立つことになるのはなかなかいいなあ、と思って、かなり書きたいんですけども。ちょっとした場面ですし、今後の話に大きくかかわるというわけでもないんですけど。書きたいなあ。

この話のラストでグインの一言が出ましたね。たぶん次の巻ではお待ちかねの主人公が出ることになるとは思うんですけど、これまでは宵野さんがずっとグインに関しては担当してくださってたので、書くのにはまだちょっと恐る恐るなところがあります。

ワルド城でやってきた時に一度は書いてますけど、やはりあれは本流の部分じゃなかったっていうか、あくまで、自分の話してるところにやってきたものとしての登場でしたから。これもまた繰り返しになりますけども、今後は自分ひとりで書いていかなきゃならないのかなあ、と思うと、ちょっと空恐ろしい気がします。

今回も監修の八巻さん、担当の阿部さんにはたいへんお世話をおかけしました。原稿が遅れまして申しわけありません。もっとペースを上げられるように、がんばりたいと思います。

それでは百四十四巻、『流浪の皇女』にてお会いいたしましょう。

著者略歴　1970年生まれ，作家
著書『アバタールチューナーⅠ～Ⅴ』『〈骨牌使い〉の鏡』『廃都の女王』『豹頭王の来訪』『風雲のヤガ』『翔けゆく風』（以上早川書房刊）『はじまりの骨の物語』『ゴールドベルク変奏曲』など。

HM=Hayakawa Mystery
SF=Science Fiction
JA=Japanese Author
NV=Novel
NF=Nonfiction
FT=Fantasy

グイン・サーガ⑭③

永訣《えいけつ》の波濤《はとう》

〈JA1328〉

二〇一八年五月二十日　印刷
二〇一八年五月二十五日　発行

（定価はカバーに表示してあります）

著者　五代《ご》《だい》ゆう
監修者　天狼《てんろう》プロダクション
発行者　早川浩
発行所　株式会社早川書房

郵便番号　一〇一－〇〇四六
東京都千代田区神田多町二ノ二
電話　〇三－三二五二－三一一一（大代表）
振替　〇〇一六〇－三－四七七九九
http://www.hayakawa-online.co.jp

乱丁・落丁本は小社制作部宛お送り下さい。
送料小社負担にてお取りかえいたします。

印刷・株式会社亨有堂印刷所　製本・大口製本印刷株式会社

Printed and bound in Japan
ISBN978-4-15-031328-9 C0193